Angela Sommer-Bodenburg

Prinzessin
Pumpernickel

Mit Bildern von
Monika Parciak

Rowohlt Taschenbuch Verlag

Originalausgabe
Veröffentlicht im Rowohlt Taschenbuch Verlag,
Reinbek bei Hamburg, Dezember 2013
Copyright © 2013 by Rowohlt Verlag GmbH,
Reinbek bei Hamburg
Lektorat Silke Kramer
Einband- und Innenillustrationen Monika Parciak
Umschlaggestaltung any.way, Barbara Hanke/Cordula Schmidt
Satz Plantin PostScript, InDesign, bei
Dörlemann Satz, Lemförde
Druck und Bindung CPI books GmbH, Leck
Printed in Germany
ISBN 978 3 499 21676 3

Für Burghardt,
meinen Prinzen aus der Bodenburg,
und für alle,
die nicht vergessen haben,
wie Pumpernickel schmeckt!

Inhalt

1
Die königliche Familie

Das Königreich Pattaloonia war ein kleines Land. Ja, für den Rest der Welt war Pattaloonia so klein und so unbedeutend, dass es auf den meisten Landkarten überhaupt nicht eingezeichnet war! Dazu hatte sicherlich auch seine ungewöhnliche Lage beigetragen: Mächtige Bergketten schlossen Pattaloonia ein, die aus einer Laune der Natur heraus die Form des Buchstaben P bildeten. Eine enge Schlucht zwischen schroffen Felswänden bildete den einzigen Zugang zum Königreich. Am Ende der Schlucht – sozusagen im Kopf des P – lag die Hauptstadt von Pattaloonia. Sie hieß Pattaloonita und war ebenfalls nicht sehr groß und nicht sehr bedeutend – zumindest für den Rest der Welt.

Wie man sich leicht vorstellen kann, hatten die Pattaloonier eine innige Beziehung zu dem Buchstaben P entwickelt.

Und so musste jeder pattaloonische Familienname und jeder pattaloonische Vorname mit P beginnen.

Dies galt auch für die Königsfamilie von Pattaloonia.

Deren Familienname war so grandios, wie es sich für eine Königsfamilie gehörte:

PATTAPRATTA-PARAPISI-PORIGORI AUF UND ZU PATTALOONIA.

Zugegeben, ein echter Zungenbrecher!

Glücklicherweise waren die Vornamen der königlichen Familienmitglieder nicht so kompliziert.

Der König von Pattaloonia hieß schlicht und einfach Peter.

Seine Gemahlin, die Königin, trug den Namen Pia.

Ihre älteste Tochter hieß Ponderosa, die zweitälteste hörte auf den Namen Perdita, und die jüngste trug den Namen Pamelina.

Die Namen seiner Töchter hatte König Peter ausgesucht, denn im Königshaus von Pattaloonia bestimmte allein der König, welche Namen die königlichen Kinder bekamen.

Als nun Königin Pia ihr viertes Kind erwartete, sagte König Peter eines Morgens beim Frühstück: «Ich

hoffe, diesmal wird es ein Sohn! Ihr seid drei bezaubernde Töchter», versicherte er Ponderosa, Perdita und Pamelina, die verständlicherweise gekränkte Gesichter machten. «Aber es ist wirklich an der Zeit, dass die Königin und ich einen Sohn bekommen – für Pattaloonia.»

«Und warum ist es so wichtig, einen Sohn zu bekommen?», fragte Perdita. Sie war dafür bekannt, dass sie kein Blatt vor den Mund nahm.

Der König antwortete nicht gleich.

Er ließ sich noch ein Omelett reichen, würzte es kräftig mit Salz und Pfeffer und legte drei Zwiebelringe obendrauf. Gutes und reichliches Essen war die Leidenschaft des Königs von Pattaloonia. Und man sah die Folgen: an seinem königlichen Bauch und an seinem Doppelkinn!

Nachdem König Peter sein Omelett gewürzt hatte, probierte er, nickte ... und schmauste.

«Warum ist es so wichtig, einen Sohn zu bekommen?», wiederholte Perdita ihre Frage.

Sie war nicht nur diejenige, die kein Blatt vor den Mund nahm; sie konnte auch sehr hartnäckig sein.

Doch beim Essen ließ sich der König durch nichts – durch gar nichts – aus der Ruhe bringen.

Er beendete seine Mahlzeit und betupfte sich die Lippen mit der Serviette, ehe er antwortete: «Wenn ich eines hoffentlich noch fernen Tages abberufen werde, soll mir ein Sohn auf den Thron folgen. So steht es in den alten Urkunden von Pattaloonia.»

«Wer sollte dich denn rufen, Papa?», fragte Pamelina.

Der König zögerte einen Moment. Dann schaute er seine Gemahlin an und räusperte sich geräuschvoll. «Würdest du so nett sein und es Pamelina erklären?», sagte er und nahm sich eines der mit Schokolade gefüllten Croissants, die soeben aus der Schlossküche hereingebracht wurden.

«Dein Vater, Pamelina, meint den Tag, an dem er zu seinem letzten und größten Festmahl abberufen wird», sagte Königin Pia und lachte nervös.

Wer wollte auch schon offen darüber sprechen, dass der König von Pattaloonia – genau wie alle anderen Erdenbürger – sterblich war? Gewiss nicht seine Gemahlin, die Königin!

Perdita kam ihrer Mutter zu Hilfe und sagte: «Mama meint Papas Festmahl im Himmel.»

«Im Himmel?», wiederholte Pamelina aufgeregt. «Heißt das, wir kriegen einen Flughafen?»

«Das wäre durchaus möglich», sagte der König und streichelte seinen vollen Bauch.

«Du baust uns einen Flughafen, Papa?», freute sich Ponderosa.

Sie sehnte sich nach den fremden, unbekannten Ländern, die hinter den hohen Bergen lagen. Und ein Flugzeug würde sie im Handumdrehen dorthin bringen!, dachte sie.

«Hm, ja, vielleicht baue ich einen Flughafen», sagte König Peter und fügte hinzu: «Jeder weiß, wie sehr sich Jungen für Flugzeuge interessieren.»

«Mädchen interessieren sich auch für Flugzeuge!», entgegnete Perdita.

«Mädchen vielleicht. Aber keine Prinzessinnen, Perdita.» Zum ersten Mal an diesem Morgen sah Königin Pia auf die Uhr – und erschrak. «Zehn Minuten vor acht! Euer Schulunterricht beginnt!»

Mit einigen Seufzern – denn auch Prinzessinnen gehen nicht so furchtbar gern zur Schule – verließen Ponderosa, Perdita und Pamelina den Saal. Und das bedeutete das Ende des königlichen Frühstücks.

Nein, nicht ganz ... Als der Oberküchenmeister jetzt die *Pattaloonische Nusstorte* hereintrug, konnte König Peter ihrem verlockenden Duft nicht widerstehen. Er aß ein Stück Torte und gleich darauf noch ein zweites. Nach dem dritten Stück wurde ihm ganz eigenartig.

«Ich glaube, ich lege mich ein Weilchen hin», murmelte er. «In meinem Bauch rumort es wie tausend Ameisen.»

«In meinem Bauch rumort es auch», sagte Königin Pia mit einem Lächeln. «Aber bei mir ist es das Baby!»

Hand in Hand begaben sich der König und die Königin von Pattaloonia in ihre Schlafgemächer.

2
Das jüngste Königskind

Drei Monate später, in den frühen Morgenstunden des 18. Juni, kam das jüngste Königskind zur Welt.

«O, wie süß!», rief Pamelina, als sie und ihre Schwestern am Nachmittag das königliche Schlafzimmer betreten durften, in dem die Königin, noch etwas bleich von der Geburt, gegen seidene Kissen gelehnt, in ihrem königlichen Bett saß. Sanft schlummerte das Neugeborene in ihrem Arm.

«Darf ich das Baby halten?», bat Ponderosa.

«Ja», sagte die Königin. «Aber erst, wenn sie wach ist.»

«Sie?», wunderte sich Perdita.

«Sie?», rief Pamelina.

«Es ist ein Mädchen», sagte König Peter, der in einem Sessel neben dem Bett saß und sich von den

Strapazen, zum vierten Mal Vater geworden zu sein, erholte.

Anfangs war der König enttäuscht gewesen, auch dieses Mal keinen Sohn bekommen zu haben. Nun allerdings lag ein glückliches Lächeln auf seinem runden Gesicht.

Eine Sache jedoch bereitete dem König Kopfzerbrechen: die Namenswahl. In den vergangenen Wochen hatte er nur über Jungennamen nachgedacht und war nach vielem Hin und Her auf *Poseidon* gekommen – ein angemessener Name für einen Prinzen, der einmal selbst König von Pattaloonia werden würde!, fand er.

Aber jetzt brauchte der König einen Mädchennamen – und zwar bis zwölf Uhr mittags, wenn sich die Würdenträger von Pattaloonia im Thronsaal des Schlosses versammeln würden. Dann musste König Peter offiziell bekanntgeben, welchen Namen er ausgewählt hatte!

Zunächst schwankte er zwischen *Petulia* und *Prosperina*. Aber schließlich, um Viertel vor zwölf, entschied er sich für *Paloma*.

Weil das jüngste Königskind am 18. Juni geboren worden war, begann die Feier mit achtzehn Kanonenschüssen im Schlosshof. Danach eilte man ans königliche Buffet. Doch niemand durfte vor dem König essen oder trinken, so wollte es das Gesetz von Pattaloonia.

Alle Augen im Thronsaal waren auf König Peter gerichtet. Der wiederum blickte auf das königliche Buffet.

Und plötzlich entdeckte er etwas, das er schon eine kleine Ewigkeit nicht mehr gegessen hatte: ein schwarzes Brot ohne Rinde! Einer der ausländischen Händler, die in unregelmäßigen Abständen nach Pattaloonia kamen, hatte das Brot mitgebracht und es dem Oberküchenmeister verkauft.

Bei der Erinnerung an den süßlich-herben Geschmack des schwarzen Brotes lief dem König das Wasser im Mund zusammen. Ja, er wusste noch, wie köstlich das Brot schmeckte, wenn man es mit geräuchertem Lachs oder Camembert belegte!

Nur den Namen des schwarzen Brotes hatte König Peter vergessen ...

Er ließ sich eine Scheibe geben und hielt sie prüfend unter seine königliche Nase.

Und da, als er den etwas erdigen Geruch des Brotes einsog, fiel ihm der Name wieder ein: «Es heißt Pumpernickel!», rief er.

Im Thronsaal wurde es still, absolut still. Überall sah man betroffene Gesichter. Einige Würdenträger wechselten ratlose Blicke, andere schüttelten den Kopf, wieder andere kniffen die Lippen zusammen, und noch andere zuckten mit den Schultern.

Der Minister für Landwirtschaft, Patrizio Parlotti, war der Erste, der seine Fassung zurückgewann. Er klatschte in die Hände und rief: «Hoch lebe die vierte und jüngste Prinzessin von Pattaloonia: Prinzessin Pumpernickel!»

«Hoch lebe Prinzessin Pumpernickel! Hoch, hoch, hoch!», riefen die restlichen Würdenträger – zuerst zögerlich, aber dann immer lauter, bis es ein voller Chor geworden war.

«Pumpernickel ... welch einzigartiger Name! Welch herausragender Name!», rief die Ministerin für Forstwirtschaft, Prudenzia Prandergast.

«Und so originell! Wunderbar unverbraucht und frisch!», ergänzte die Schatzmeisterin, Petra Pasternak. «Meinen allerherzlichsten Glückwunsch, Eure Majestät!»

Die Würdenträger klatschten.

König Peter dagegen war aschfahl geworden. Er hatte den Namen des schwarzen Brotes gemeint – nicht den seiner jüngsten Tochter! Alles war ein Missverständnis, ein schreckliches Missverständnis!

Er spürte, wie ihm vor Scham ein paar Tränen über die Wangen liefen.

Die Gäste im Thronsaal meinten, es seien Freudentränen, und waren gerührt.

«Hoch lebe der König!», riefen sie.

Königin Pia drückte ihre jüngste Tochter noch etwas fester an sich.

Mit dem Namen *Pumpernickel* wird es selbst eine pattaloonische Prinzessin schwer haben!, dachte sie.

3
Die Geheimsitzung

In der Nacht tat König Peter kein Auge zu. Und sobald die Sonne aufgegangen war, bestellte er seine beiden engsten Vertrauten zu sich: Paula Primavera, Ministerin für Pattaloonische Geschichte, und Peppino Porter, Minister für Jugend und Familie.

Auf Anraten von Paula Primavera kam auch noch Pippin Pirsch dazu, der an der Universität von Pattaloonita den Lehrstuhl für Zwischenmenschliche Fragen innehatte.

Der König hoffte natürlich, dass seine beiden alten Freunde sowie der gelehrte Professor ihm helfen könnten, die verunglückte Namensgebung wieder rückgängig zu machen!

Doch Paula Primavera schüttelte den Kopf und sagte: «Die Prinzessin wird mit ihrem Namen leben müssen, Eure Majestät. In Pattaloonia ist noch niemals ein Königskind umbenannt worden. Und der Name *Pumpernickel* ist Ihrer Tochter im Thronsaal verliehen worden. Jeder in Pattaloonia weiß inzwischen, wie die jüngste Prinzessin heißt. Keiner kann das ungeschehen machen, nicht einmal Eure Majestät.»

«Vielleicht sollten Sie anordnen, dass dieses schwarze Brot nie mehr in Pattaloonia verkauft werden darf, Eure Majestät», sagte Peppino Porter. «Dann wird die jüngste Prinzessin auch nie erfahren, wofür ihr Name in der Vergangenheit benutzt wurde.»

«Und was ist mit den Pattalooniern, die schon einmal Pumpernickel gegessen haben?», fragte der König.

«Denen verbieten wir, darüber zu sprechen», antwortete Peppino Porter.

«Meines Erachtens sollten Sie vollkommen anders vorgehen, Eure Majestät», meldete sich da Pippin Pirsch zu Wort.

«Und wie?», fragte König Peter.

Ihm hatte Peppinos Vorschlag gefallen.

«Meine Forschungen haben ergeben, dass man sich zu dem bekennen muss, was man getan hat, Eure Majestät», erklärte der Professor.

«Ich fürchte, ich verstehe nicht ganz, was Sie meinen», sagte der König mit in die Höhe gezogenen Augenbrauen. Pippin Pirsch zupfte an seiner langen Nase. «Sie haben einen Fehler gemacht, Eure Majestät, und deshalb –» König Peter unterbrach ihn: «Einen Fehler gemacht? Ich, der König? Sie scheinen zu träumen. Die ganze Sache beruht auf einem Missverständnis. Oder wollen Sie mir unterstellen, ich hätte meiner Tochter diesen ... diesen verpumperten, vernickelten Namen mit Absicht gegeben?»

Inzwischen hatte sich sein Gesicht dunkelrot verfärbt. Jetzt würde es nicht mehr lange dauern, bis der König explodierte!

Durch beschwörendes Kopfschütteln versuchte Paula Primavera den Professor zu warnen. Doch entweder verstand Pippin Pirsch ihre Warnung nicht, oder er hatte beschlossen, sie zu ignorieren.

Er warf sich sogar noch in die Brust und sagte: «Sie werden es wahrscheinlich nicht gern hören, was ich zu sagen habe, Eure Majestät. Aber meine Forschungen haben ergeben, dass wir unsere Fehler nicht unter den Tisch kehren dürfen. Nein, wir müssen den Mut haben, unsere Fehler einzugestehen. Und das gilt auch für Sie, Eure Majestät.»

«So ein Schwachsinn! So ein hirnverbrannter Schwachsinn!», brauste König Peter auf. «Ein König macht keine Fehler, niemals!»

Pippin Pirsch begriff noch immer nicht, was er mit seinen Bemerkungen angerichtet hatte.

«Leider muss ich Ihnen in dieser Angelegenheit widersprechen, Eure Majestät», sagte er. «Wir sind alle nur Menschen. Auch ein König ist ein Mensch wie alle anderen und deswegen –»

«Schweigen Sie!», herrschte der König ihn an. «Sie haben das schlimmste Verbrechen begangen, das wir kennen: Sie haben den König von Pattaloonia beleidigt! Dafür könnte ich Sie hier und jetzt erschießen lassen!»

«Aber ich wollte doch nur –», sagte der Professor.

«Haben Sie nicht gehört? Sie sollen schweigen!», donnerte der König.

«Sie sind hiermit des Landes verwiesen. Ihr Lehrstuhl, Ihr alberner Lehrstuhl für ... pah! ... Zwischenmenschliche Fragen –»

Er nahm ein Glas edles Tafelwasser und setzte es an die Lippen. Aber er trank das Wasser nicht, sondern spuckte es dem Professor vor die Füße, zum Zeichen seiner königlichen Verachtung.

«Ihr alberner Lehrstuhl wird aufgelöst, Ihre Schriften werden verbrannt, alle Ihre Titel werden Ihnen aberkannt. Niemand wird sich daran erinnern, dass es Sie jemals gegeben hat, Sie … Sie Null!»

König Peter lief zur Tür, riss sie auf und rief die Wachposten herein, zwei junge Männer in der dunkelblauen Uniform der Schlossgarde. Jeder der beiden hatte ein Gewehr geschultert; außerdem trugen sie den pattaloonischen Krummsäbel am Gürtel.

«Ergreifen Sie diesen Mann!», befahl der König und zeigte auf Pippin Pirsch. «Bringen Sie ihn an die Grenze und stellen Sie sicher, dass er unter keinen Umständen nach Pattaloonia zurückkehrt!»

«Jawohl, Eure Majestät», sagten die Wachposten.
Sie packten den Professor und führten ihn ab.

Diesmal blieb Pippin Pirsch stumm. Aber der feindselige Blick, den er dem König zuwarf, sprach für sich.

Dann fiel die Tür hinter dem Professor und den beiden Wachposten zu.

Der König ging zu Peppino Porter und drückte ihm freundschaftlich die Hand.

«Ich danke Ihnen für Ihren Vorschlag, Peppino», sagte er. «Wir werden das schwarze Brot mit dem Namen *Pumpernickel* für immer von der pattaloonischen Bildfläche verschwinden lassen!»

4
Die Lieblingsprinzessin

Bereits am nächsten Tag gingen in Pattaloonia königliche Boten von Tür zu Tür, um herauszufinden, wer das schwarze Brot mit dem Namen *Pumpernickel* kannte. Alle, die von dem Brot wussten oder die es – schlimmer noch! – gegessen hatten, wurden unter Androhung schwerer Gefängnisstrafen zum Stillschweigen verpflichtet.

Darüber hinaus wurden die Zollbeamten angewiesen, sämtliche Händler bei ihrer Einreise zu durchsuchen und jeden Pumpernickel, den sie entdeckten, zu vernichten.

Danach erwähnte in Pattaloonia niemand mehr jenes schwarze, süßlich-herb schmeckende Brot. Ja, fortan brachte man nur noch die jüngste Königstochter mit dem Namen *Pumpernickel* in Verbindung!

Und Prinzessin Pumpernickel wurde mit jedem

Tag schöner. Ihre blauen Augen, in die sich König Peter gleich auf den ersten Blick verliebt hatte, wechselten nach einem halben Jahr die Farbe und wurden haselnussbraun. Ihre lockigen Haare jedoch blieben goldblond, und dieser Gegensatz verstärkte noch den Liebreiz der Prinzessin.

Ponderosa, Perdita und Pamelina konnten gar nicht genug von ihrer kleinen Schwester bekommen und stritten sich darum, welche von ihnen mit Prinzessin Pumpernickel spielen durfte. Selbst um das Wechseln der Windeln stritten sich Ponderosa, Perdita und Pamelina, die sich sonst nie die Hände mit irgendetwas schmutzig machten.

Als Prinzessin Pumpernickel sechs Jahre alt war, bekam sie ihre eigene Gouvernante, Peggy Primrose.

Doch anders als bei Ponderosa, Perdita und Pamelina, die höfische Etikette und vorbildhaftes Benehmen lernen mussten, gab der König Peggy Primrose den Auftrag, seiner jüngsten Tochter das Leben so angenehm wie möglich zu machen.

Der Grund war natürlich das Schuldgefühl, das König Peter hatte.

Und wenn sich Peggy Primrose bei ihm über Prinzessin Pumpernickel beklagte, fand er stets eine Entschuldigung für sie.

«Ach, so schlimm wird es schon nicht gewesen sein», sagte er. Oder: «Die Prinzessin ist noch viel zu jung, um zu verstehen, was sie getan hat.»

So war es nicht verwunderlich, dass Prinzessin Pumpernickel zwar bildhübsch, aber selbstverliebt und herrschsüchtig wurde. Von keinem ließ sie sich etwas vorschreiben. Und sie tat nur das, wonach ihr der Sinn stand. Hatte sie keine Lust zum Schulunterricht, ging sie eben nicht hin! Dann konnte Peggy Primrose stundenlang Däumchen drehen.

Und wenn ihre Wünsche nicht gleich erfüllt wurden, bekam sie Wutanfälle, die wirklich nicht zu einer Prinzessin passten. Einmal schleuderte sie sogar die Krone des Königs gegen die Wand! Zum Glück fielen nur ein paar Rubine heraus, die der höfische Juwelier diskret wieder einsetzte.

Die Königin, die mit der Namensgebung nichts zu tun gehabt hatte und deshalb auch nicht von Gewissensbissen gequält wurde, fing allmählich an, sich Sorgen um ihre jüngste Tochter zu machen!

Aber in den Augen des Königs war Prinzessin Pumpernickel die bezauberndste, wohlerzogenste Prinzessin, die man sich nur vorstellen konnte – von Ponderosa, Perdita und Pamelina einmal abgesehen.

Als nun Prinzessin Pumpernickels neunter Geburtstag herannahte, sagte König Peter zu ihr: «Wir wollen zu Ehren deines Geburtstages ein großes Fest feiern. Wie viele deiner besten Freundinnen möchtest du einladen?»

«Vier», antwortete Prinzessin Pumpernickel.

«Vierzig?» Der König glaubte, sich verhört zu haben.

«Nein, vier», sagte die Prinzessin. «Pelline, Papita, Polly und Pala.»

Pelline, Papita, Polly und Pala, die Töchter des königlichen Hofgärtners, waren immer fröhlich und gut gelaunt. Und nie verübelten sie ihr die schlechten Scherze, die sie mit ihnen trieb.

Verwundert fragte der König, was es mit ihren restlichen besten Freundinnen auf sich hatte. Er konnte einfach nicht glauben, dass Prinzessin Pumpernickel weniger als vierzig beste Freundinnen haben sollte – auch deshalb nicht, weil die Gänge und Hallen des Schlosses stets von hellem Gelächter erfüllt waren und Scharen junger Mädchen aufgeregt ihre Hofknickse machten, wenn sie ihm, dem König, begegneten.

Doch als König Peter nun darüber nachdachte, kam es ihm vor, als wäre es in den vergangenen Monaten ruhiger im Schloss gewesen, ja, als wäre er in letzter Zeit nicht mehr so oft auf diese kichernden, knicksenden Mädchenscharen gestoßen!

«Hast du dich mit deinen Freundinnen gestritten?», fragte König Peter.

«Nein», sagte Prinzessin Pumpernickel. «Ich mag sie bloß nicht mehr. Sie sind albern, langweilig und dumm.»

«Alle?»

«Alle.»

«Aber ein paar müssen doch dabei sein, die du magst – fünfzehn oder zwanzig», sagte der König nach einer Pause, in der er seinen Bart gezwirbelt hatte. «Du hattest doch immer Scharen von Freundinnen.»

«Ja, früher», sagte Prinzessin Pumpernickel. «Da waren sie auch netter.»

Nie und nimmer hätte sie zugegeben, dass *sie* diejenige war, die netter gewesen war. Erstens würde sie das nicht zugeben, weil sie eine Prinzessin war.

Und zweitens würde sie es nicht zugeben, weil sie Prinzessin Pumpernickel war – und die gestand nie einen Fehler oder eine Schwäche ein.

«Wir können deinen Geburtstag auf gar keinen Fall mit nur vier Freundinnen feiern!», erklärte der König. «Das würde einen sehr ungünstigen Eindruck machen. Am Ende würden die Pattaloonier noch denken, meine jüngste Tochter wäre unbeliebt!»

Prinzessin Pumpernickel kräuselte die Lippen. Das tat sie immer, wenn sie zeigen wollte, dass ihr etwas schnurzegal war.

Doch diesmal ließ sich der König davon nicht beirren. «Vierzig Freundinnen müssen es sein. Darauf bestehe ich!»

«Wenn du meinst», sagte Prinzessin Pumpernickel schnippisch. «Dann musst du sie aber auch selbst einladen.»

Sie nahm ihren goldenen Ball und lief in den Schlossgarten.

Bei jedem anderen hätte König Peter angesichts dieser Respektlosigkeit vor Wut geschäumt. Aber weil es Prinzessin Pumpernickel war, seufzte der König nur.

Er läutete und verlangte nach Peggy Primrose. Sie würde ihm sagen, welche vierzig Freundinnen er einladen sollte!

5
Der Geburtstag

Naturgemäß gab sich König Peter nicht damit zufrieden, vierzig Freundinnen von Prinzessin Pumpernickel einzuladen. Nein, *hundert*vierzig mussten es sein! Es dauerte ein paar Tage, bis alle Einladungen geschrieben und ihren Empfängerinnen überbracht worden waren. Absagen tat keine, denn niemand in Pattaloonia hätte eine Einladung des Königs abgelehnt!

In der Nacht vor ihrem neunten Geburtstag schlief Prinzessin Pumpernickel schlecht – wie wohl die meisten Geburtstagskinder vor ihrem Ehrentag.

Aber Prinzessin Pumpernickel hasste den Gedanken, sie könnte etwas mit anderen, gewöhnlichen Geburtstagskindern gemeinsam haben!

Und so beschuldigte sie ihre Kammerzofe Petruschka, beim Bettenmachen Kuchenkrümel übersehen zu haben. Diese Krümel hätten an ihrer zarten Haut gescheuert und sie die halbe Nacht wach gehalten.

Ja, wegen der angeblichen Kuchenkrümel führte sie ein derartiges Theater auf, dass die Königin anordnete, Petruschka solle sich ab sofort um die Gemächer von Prinzessin Perdita kümmern.

An Petruschkas Stelle trat Padua, die bisher in der Nähstube des Schlosses gearbeitet hatte. Padua war nur acht Jahre älter als Prinzessin Pumpernickel, und die Königin dachte, aufgrund ihrer Jugend würde sie besser mit der Prinzessin zurechtkommen.

Kaum hatte Padua ihren Dienst begonnen, musste sie sich auch schon an die heikle Aufgabe machen, Prinzessin Pumpernickel für ihren Geburtstag anzukleiden!

Die Königin ging derweil zum Frühstücken in den Gartensaal. Sie wusste aus Erfahrung, wie wählerisch die jüngste Prinzessin mit ihrer Kleidung war. Jeden Morgen zog sich Prinzessin Pumpernickel mindestens fünf Mal um, und der Königin fehlte einfach die Geduld, tatenlos dabeizustehen.

An ihrem Geburtstagsmorgen war Prinzessin

Pumpernickel besonders anspruchsvoll und wählerisch. Fünfzehn Mal ließ sie sich ein anderes Kleid
bringen, zwölf Mal andere Stiefelchen reichen. Und
jedes Mal fragte sie Padua nach ihrer Meinung in
der Hoffnung, mit ihrer neuen Kammerzofe einen
Streit anzufangen.

Wenn Padua gesagt hätte: Das blaue Kleid ist das
schönste, hätte Prinzessin Pumpernickel das grüne
angezogen ... und so fort. Aber Padua war klug genug, zu jedem Kleid etwas Positives zu sagen. An
dem einen lobte sie den meisterhaften Schnitt, an
dem anderen die kunstvollen Stickereien, an noch
einem anderen den seidigen Glanz des Stoffes.

Prinzessin Pumpernickels Unzufriedenheit wuchs.
Mit Petruschka war es leicht gewesen, einen Streit
vom Zaun zu brechen! Und sie fand es immer herr-
lich erfrischend, sich zu streiten; allerdings nur, wenn
sie es war, die am Ende gewann.

Schließlich gab Prinzessin Pumpernickel auf und
sagte, sie werde das rosa Kleid anziehen. Rosa war
ihre Lieblingsfarbe, gefolgt von Weiß und Gold.

Nach dem Ankleiden dauerte es eine weitere
Stunde, bis Padua die Prinzessin frisiert und ihr
den mit kostbaren Edelsteinen besetzten Reif, den
sie nur zu ganz besonderen Gelegenheiten trug, ins
Haar gesteckt hatte.

Als Prinzessin Pumpernickel endlich, begleitet von Padua, den Gartensaal betrat, erwartete sie eine herbe Enttäuschung: Lediglich die Bediensteten des Schlosses waren da.

Beim Anblick der Prinzessin stimmten sie pflichtschuldig ein pattaloonisches Geburtstagslied an. Die Tafel war noch immer mit den köstlichsten Speisen gedeckt.

König Peter hatte wie jeden Morgen mit gesundem Appetit zugegriffen und drei Omeletts, ein Brathähnchen, vier Kartoffelpuffer und eine Forelle mit Wildreis verspeist.

Die leeren Schüsseln, Platten und Terrinen waren umgehend durch neue, frisch gefüllte ersetzt worden. Auf der königlichen Tafel durfte nichts fehlen, und abgeräumt wurde erst, wenn der König eine Mahlzeit für beendet erklärte. Dann trugen die Bediensteten die Speisen in die Schlossküche, wo der Oberküchenmeister und seine Unterköche schon mit der Vorbereitung der nächsten königlichen Mahlzeit beschäftigt waren.

Vor dem goldenen Teller der Prinzessin standen eine Reihe von Paketen und Päckchen sowie die Geburtstagstorte mit neun goldenen Kerzen. Die Kerzen hatte der königliche Hofmagier, Peregrin Purpur, mit Zaubersprüchen geweiht, damit sie Prinzessin Pumpernickel im neuen Lebensjahr Glück und Gesundheit bescherten.

Obwohl sie also überhaupt nichts vermissen musste, trommelte Prinzessin Pumpernickel ärgerlich mit ihren Fäusten auf den Tisch. Die Bediensteten zuckten zusammen.

«Wo sind meine Eltern?», rief Prinzessin Pumpernickel. «Und wo sind meine Schwestern?»

Der Hausmarschall Pino Patrone trat vor. Als Hausmarschall kümmerte er sich um alle häuslichen Angelegenheiten der königlichen Familie.

Pino Patrone verbeugte sich. «Dringende Regierungsgeschäfte haben den König bedauerlicherweise vor einer Stunde abberufen», sagte er. «Der König lässt Ihnen ausrichten, dass es ihm sehr leidtut, Eure Majestät.»

«Dringende Regierungsgeschäfte – pah!», fauchte Prinzessin Pumpernickel. «Und wo ist meine Mutter? Hat sie etwa auch dringende Regierungsgeschäfte?»

«Nein, Eure Majestät. Die Königin und der Zeremonienmeister gehen noch einmal das Programm für Ihre Geburtstagsfeier durch. Und Ihre Schwestern, die Prinzessinnen –»

Der Hausmarschall brach ab und hüstelte hinter vorgehaltener Hand.

«Was?», fuhr Prinzessin Pumpernickel ihn an.

«Die Prinzessinnen sind ausgeritten, Eure Majestät», sagte Pino Patrone mit leiser, verlegener Stimme.

«Ausgeritten?» Prinzessin Pumpernickel konnte es nicht fassen. «An meinem Geburtstag?»

«Ja, Eure Majestät.»

«Ponderosa, Perdita und Pamelina können jeden Tag ausreiten, aber nicht an meinem Geburtstag!» Prinzessin Pumpernickel stampfte wütend mit dem Fuß auf. «Was bilden sie sich ein? Soll ich meine Geburtstagstorte etwa ganz allein essen?»

Pino Patrone hüstelte erneut. «Sie können Ihre Torte mit *uns* teilen, wenn Sie wollen, Eure Majestät.»

«Nein, das will ich nicht!», schrie Prinzessin Pumpernickel. «Das will ich ganz und gar nicht!»

Sie nahm den Teller mit der Geburtstagstorte und warf ihn gegen die Wand. Der Teller fiel zu Boden und zerbrach. Die Geburtstagstorte blieb an der Stofftapete kleben – ein abscheulicher Anblick! Bedienstete eilten herbei, mit Eimern und Lappen bewaffnet.

Prinzessin Pumpernickel ergriff eine Terrine voller knuspriger Hähnchenkeulen und wollte sie hinterherwerfen. Aber dann ließ sie den Arm wieder sin-

ken. Der Spaß am Werfen war ihr vergangen. Ja, der gesamte Spaß am Geburtstag war ihr vergangen!

Auf einmal hatte sie Tränen in den Augen. Doch sie wollte nicht weinen; schon gar nicht, wenn andere ihr dabei zuguckten.

Prinzessin Pumpernickel stellte die Terrine wieder hin, setzte sich und begann ihre Geburtstagsgeschenke auszupacken.

«Eine Puppe … als ob ich nicht schon tausend Puppen hätte!», sagte sie verächtlich, nachdem sie das goldene Einwickelpapier von dem ersten Paket gerissen hatte.

Sie legte die Puppe in den Karton zurück, ohne zu merken, dass es eine sehr besondere Puppe war: Der König hatte den berühmtesten Puppenmacher von Pattaloonia beauftragt, eine Puppe herzustellen, die das Ebenbild seiner jüngsten Tochter sein sollte. Und wirklich hatte der Puppenmacher eine Puppe geschaffen, die Prinzessin Pumpernickel aufs Haar glich!

Aber Prinzessin Pumpernickel war inzwischen dermaßen schlecht gelaunt, dass sie an gar nichts mehr Freude hatte. Missmutig riss sie das Einwickelpapier von den restlichen Päckchen und Paketen herunter. Sie enthielten Geschenke, die ihr Vater, ihre Mutter und ihre drei Schwestern mit viel Liebe für sie ausgesucht hatten. Einige Geschenke hatten die drei ältesten Prinzessinnen sogar selbst angefertigt. Da gab es einen weißen Schal, den Ponderosa gewebt hatte, ein seidenes Täschchen, das Perdita mit goldenen und silbernen Perlen bestickt hatte, und ein goldenes Netz für den goldenen Ball von Prinzessin Pumpernickel, das Pamelina gehäkelt hatte. Aber Prinzessin Pumpernickel warf nur einen kurzen Blick auf die Geschenke und schob sie dann mit gelangweilter Miene von sich weg.

Der Hausmarschall und der Oberküchenmeister und die anderen Bediensteten sahen sich betreten an. Wenigstens an ihrem Geburtstag sollte sich Prinzessin Pumpernickel so benehmen, wie man es von einer pattaloonischen Prinzessin erwartete! Das war es, was sie alle dachten.

Prinzessin Pumpernickel stand auf.

«Wollen Sie denn gar nichts essen, Eure Majestät?», fragte Padua.

«Nein», sagte die Prinzessin und ging zur Tür.

Padua folgte ihr.

Am Ausgang des Saals blieb sie unvermittelt stehen, und die nichtsahnende Padua wäre fast in sie hineingelaufen. Die Prinzessin spielte gern solche Streiche. Und es machte ihr überhaupt nichts aus, dass die Bediensteten für das Vergehen, ein Mitglied der königlichen Familie unaufgefordert berührt zu haben, mit Gefängnis bestraft werden konnten.

«Aber Sie sollten unbedingt etwas essen», versuchte Padua es noch einmal. «Und ich bin sicher, Ihr Herr Vater, der König, wird bald hier sein, Eure Majestät.»

«Das ist mir jetzt auch egal», sagte Prinzessin Pumpernickel und rauschte aus dem Saal.

Bei einem gewöhnlichen Mädchen hätte man gesagt: wie eine beleidigte pattaloonische Leberwurst. Aber im Fall der Prinzessin war ein solcher Vergleich natürlich nicht erlaubt.

Padua lief hinterher.

In ihrem Schlafgemach angekommen, schob Prinzessin Pumpernickel von innen den Riegel vor die Tür.

Padua klopfte gegen die Tür.

«Bitte, öffnen Sie, Eure Majestät!», rief sie.

Prinzessin Pumpernickel antwortete nicht. Sie zog sich aus und ging ins Bett. Ja, obwohl sie Geburtstag hatte und obwohl es noch nicht einmal Mittag war, ging Prinzessin Pumpernickel ins Bett!

Einen Geburtstag, der so schlimm begonnen hatte, sollte man am besten verschlafen!, dachte sie.

Unterdessen klopfte Padua weiter gegen die Tür und beschwor die Prinzessin, zu öffnen.

Doch Prinzessin Pumpernickel kroch unter ihre rosa und weißen Seidendecken. Dann kniff sie die Augen fest zu und schlief auch tatsächlich ein.

6
Noch zwei Geschenke

Als Padua die Prinzessin nicht zum Öffnen ihrer Tür bewegen konnte, ging sie in den Gartensaal zurück und fragte Pino Patrone, den Hausmarschall, um Rat.

Während die beiden noch miteinander sprachen, erschien die Königin. Hinter ihr kam König Peter. Der König sah die geöffneten Pakete und Päckchen und nickte zufrieden. «Unser Geburtstagskind ist also schon hier gewesen.»

«Jawohl, Eure Majestät», sagte Pino Patrone.

«Und was hat sie zu ihren Geschenken gesagt?»

«Nicht viel, Eure Majestät.»

«Aber ihre neue Puppe hat ihr bestimmt gefallen, oder?»

Von den Geschenken schweifte der Blick des Königs über die Tafel, die noch immer mit allem gedeckt war, was die Schlossküche zu bieten hatte. Und wie nicht anders zu erwarten war, bekam er Appetit. Er nahm sich eine Hasenkeule, ein Schnitzel und zwei Lammkoteletts.

«Ich denke schon, dass ihr die Puppe gefallen hat, Eure Majestät», sagte Pino Patrone.

«Hat sie denn gar nichts zu der Puppe gesagt?», fragte der König und nagte genüsslich an seiner Hasenkeule.

Niemand hätte es bei Hofe gewagt, mit vollem Mund zu sprechen, nicht einmal die Königin. Sie hatte allerdings nur selten einen vollen Mund, weil sie ihre hübsche, schlanke Figur behalten wollte.

«Nein, Eure Majestät», antwortete Pino Patrone.

Padua trat vor. Sie knickste ehrerbietig und sagte, Prinzessin Pumpernickel habe sich in ihr Schlafgemach zurückgezogen und den Riegel vorgeschoben.

«Wahrscheinlich will die Prinzessin vorschlafen», meinte der König.

Er zog seine goldene Uhr, ein Erbstück von seinem Vater, König Peter-Paul, aus der Westentasche. «In drei Stunden beginnt die Prinzessin-Pumpernickel-Parade.» König Peter steckte die Uhr wieder ein und schob sich ein Lammkotelett in den Mund. Dann leckte er sich die Finger ab und schmatzte.

Auch diese Freiheit hätte sich außer ihm keiner genommen. Aber er war eben der König!

«Wir lassen die Prinzessin ruhig noch ein Weilchen schlafen», sagte er. «Sie, Pino Patrone, sind mir dafür verantwortlich, dass Prinzessin Pumpernickel pünktlich zu ihrer Parade erscheint.»

«Jawohl, Eure Majestät», antwortete der Hausmarschall.

König Peter ließ sich ein Schnitzel reichen. Als er auch das verspeist hatte, gab er den Befehl zum Aufheben der Frühstückstafel. Anschließend zogen die Königin und er sich in ihre Gemächer zurück.

«Regierungsgeschäfte sind wirklich anstrengend», sagte der König beim Hinausgehen. «Ich bin rechtschaffen müde.»

«Gewiss, mein Lieber», sagte die Königin.

Es war wohl eher das viele Essen, das ihn müde gemacht hatte!, dachte sie. Aber Königin Pia war gern damit einverstanden, sich hinzulegen.

So oft es der höfische Terminkalender erlaubte, genoss die Königin ihren Schönheitsschlaf.

Pino Patrone und Padua machten sich schnurstracks auf den Weg zu den Gemächern der Prinzessin.

Genau wie Padua befürchtet hatte, klopften sie sich die Finger wund – doch ohne jeden Erfolg.

«Glauben Sie, Prinzessin Pumpernickel könnte etwas zugestoßen sein?», fragte Padua den Hausmarschall.

«Nein», sagte Pino Patrone. «Sie schmollt einfach. Und das kann bei ihr Tage dauern.»

«Tage?», wiederholte Padua betroffen. «Aber dann ist ihr Geburtstag ja vorbei!»

«Hoffentlich!», sagte da eine helle Stimme hinter der Tür.

Pino Patrone und Padua sahen sich an. Demnach war Prinzessin Pumpernickel wach! Jetzt mussten sie sich nur noch etwas einfallen lassen, damit die Prinzessin ihre Tür aufmachte!

Und schon hatte Padua eine Idee. Sie bedeutete Pino Patrone zu warten und entfernte sich.

Kurze Zeit später kehrte Padua mit einem geflochtenen Korb zurück, über den ein Wolltuch gebreitet war. Sie ließ den Hausmarschall unter das Tuch spähen: Zwei Hundewelpen saßen in dem Korb.

«Aber –», setzte Pino Patrone an.

Padua gebot ihm durch Kopfschütteln, nichts zu verraten. Sie stellte den Korb vor die Tür und nahm das Wolltuch ab. Dann trat sie ein paar Schritte zurück. Pino Patrone folgte ihrem Beispiel.

Sie brauchten sich nicht lange zu gedulden. Die Welpen – zwei Abkömmlinge der Königspudel-

Hündin, die dem königlichen Oberstallmeister gehörte – gähnten und reckten sich. Der Transport in dem sonderbar schwankenden Korb hatte sie für ein Weilchen eingeschüchtert, aber nun lugten sie neugierig über den Rand des Korbs. Dann fingen sie an zu bellen. Es war allerdings kein richtiges Bellen, eher ein hohes Quieken. Padua lachte hinter vorgehaltener Hand. Pino Patrone zuckte amüsiert mit den Mundwinkeln. Als Hausmarschall hatte er mehr Übung darin, seine Gefühle zu verbergen.

Doch als die Welpen nun ein durchdringendes Geheul anstimmten, mit dem sie vermutlich ihre Hundemutter herbeirufen wollten, musste sogar Pino Patrone lachen. Und nicht einmal Prinzessin Pumpernickel blieb davon unberührt: Der Riegel wurde zurückgeschoben, und ein Kopf mit langen goldenen Locken schaute um die Ecke.

«Sind die für mich?», fragte Prinzessin Pumpernickel.

So wie sie zu Bett gegangen war – in ihrem seidenen Unterrock und ohne Schuhe –, trat sie in den Flur.

Padua bestätigte, dass die Welpen Geburtstagsgeschenke waren, falls sie der Prinzessin gefielen.

Ein Lächeln huschte über Prinzessin Pumpernickels Gesicht. Aber dann erstarb ihr Lächeln ebenso schnell wieder, wie es erschienen war.

Nichts, gar nichts sollte an diesem Geburtstag, der so schrecklich begonnen hatte, ihre schlechte Laune vertreiben! Das hatte sie sich fest vorgenommen, und daran würden auch die Welpen nichts ändern!

Und so sagte Prinzessin Pumpernickel mit finsterer Miene: «Ich hasse Hunde! Ich hasse Geburtstage!»

Nach dieser Erklärung wollte sie ihre Tür zuschlagen. Aber die Welpen hatten andere Pläne! Sie sprangen aus dem Korb und sausten zwischen den Beinen der Prinzessin hindurch in ihr Schlafgemach.

«Sie werden alles kaputt beißen!», schrie Prinzessin Pumpernickel. «Tun Sie doch etwas!», fuhr sie Pino und Padua an.

Die Welpen hatten aber noch gar keine Zähne. Dafür hinterließen sie ihre Spuren auf dem Teppich vor dem Bett: der eine Welpe einen See und der andere ein braunes Häuflein.

«Mein schöner weißer Teppich!», kreischte Prinzessin Pumpernickel. «Nehmen Sie sie weg, bringen Sie sie raus!»

«Zu Befehl, Eure Majestät», sagte Pino Patrone.

Doch es war gar nicht so einfach, die Welpen einzufangen. Nachdem sich die beiden erleichtert hatten, waren sie nun in allerbester Spiellaune. Sie rannten mal hierhin und mal dorthin und warfen dabei Tische und Stühle um. Und immer aufs Neue schafften sie es, ihren Verfolgern zu entwischen.

Inzwischen beteiligte sich auch Prinzessin Pumpernickel an der Verfolgungsjagd. Und möglicherweise hätte sie etwas getan, das sie später bereut hätte – wäre nicht in diesem Moment der König selbst im Schlafgemach der Prinzessin erschienen.

Sein voller Bauch hatte ihn nicht schlafen lassen, und während er mit Magendrücken in seinem königlichen Bett gelegen hatte, war ihm eingefallen, dass er seiner jüngsten Tochter überhaupt noch nicht persönlich zum Geburtstag gratuliert hatte!

Und dieses Versäumnis wollte er nun nachholen.

«Papa!», rief Prinzessin Pumpernickel, als sie ihren Vater erblickte. Laut schluchzend warf sie sich in seine Arme.

«Meine Kleine», sagte er, ebenfalls zu Tränen gerührt. «Vergib mir, dass ich dir noch nicht gratuliert habe! Aber du weißt ja, wie es manchmal für einen König ist.»

Pino Patrone und Padua zogen sich taktvoll in den Flur zurück und warteten dort auf weitere Befehle. Aus dem Gemach der Prinzessin drang das Quieken der Welpen, untermalt vom fröhlichen Gelächter der Prinzessin und des Königs. Wie es schien, hatte Prinzessin Pumpernickel Frieden mit den Welpen geschlossen!

Einige Zeit verstrich. Dann kam König Peter an die Tür.

«Würden Sie so freundlich sein und die kleinen Missgeschicke aufwischen, die unsere Hündchen hinterlassen haben?», sagte er.

Padua verbeugte sich. «Sehr wohl, Eure Majestät»,

sagte sie. «Verzeihen Sie, dass ich nicht gleich daran gedacht habe.» Und schon eilte sie davon.

Bei ihrer Rückkehr saßen der König und die Prinzessin auf dem Bett, jeder mit einem Welpen im Arm. Padua machte sich an die Arbeit. Dabei hörte sie natürlich, worüber der König und seine Lieblingstochter sprachen.

«Meiner soll Poldi heißen», sagte Prinzessin Pumpernickel.

«Und meiner Pussibärchen», sagte der König.

«Pussibärchen ist kein Name», sagte Prinzessin Pumpernickel. «Außerdem ist er ein Hund und kein Bär.»

König Peter kicherte. Niemand außer Prinzessin Pumpernickel hätte es gewagt, einen königlichen Vorschlag abzulehnen. Und falls doch, hätte der König einen Tobsuchtsanfall bekommen. Aber in den Händen seiner jüngsten Tochter war er weich wie pattaloonische Butter.

«Weißt du denn einen besseren Namen?», fragte er.

«Ja», sagte Prinzessin Pumpernickel. «Wir nennen ihn Poldino.»

«Poldi und Poldino ... das sind zwei fabelhafte Namen, so wahr ich König von Pattaloonia bin!», lobte König Peter.

Padua hatte die Missgeschicke der Welpen beseitigt und die umgefallenen Möbel wieder richtig hingestellt. Nun entschuldigte sie sich für die Störung und verließ die Gemächer der Prinzessin.

Im Flur sagte sie: «Es sieht so aus, als hätten die Welpen bei Prinzessin Pumpernickel das Eis gebrochen.»

«Das Eis?», wiederholte Pino Patrone überrascht. «Die Prinzessin hat Eis in ihren Gemächern?»

Diesmal war es Padua, die ein Lächeln unterdrückte. «Nein, nicht in ihren Gemächern – in ihrem Herzen.»

Es gehörte Mut dazu, etwas dermaßen Kritisches über die Prinzessin zu sagen. Aber es war ja nur Pino Patrone, der Paduas Bemerkung hörte, und der nickte zustimmend.

«Dann wird es vielleicht doch noch ein schöner neunter Geburtstag», sagte er. «Was meinen Sie, Padua?»

«Ich hoffe es!», antwortete die junge Kammerzofe.

7
Die Geburtstags-Parade

Zur Prinzessin-Pumpernickel-Parade präsentierten sich tatsächlich ein außergewöhnlich gut gelaunter König Peter und eine außergewöhnlich gut gelaunte Prinzessin Pumpernickel auf der königlichen Tribüne, beide mit einem Welpen auf dem Arm.

Neben ihnen standen Königin Pia, die drei älteren Prinzessinnen Ponderosa, Perdita und Pamelina sowie die engsten Berater der Königsfamilie.

In den Straßen schwenkten die Pattaloonier Fähnchen mit dem Bild der jüngsten Prinzessin und einer großen roten 9 darauf und riefen: «Hoch lebe Prinzessin Pumpernickel! Und herzlichen Glückwunsch!»

Prinzessin Pumpernickel tänzelte und warf Kusshände, was gar nicht so einfach war, weil sie ja Poldi auf dem Arm trug.

Noch nie in ihrem Leben war sie so glücklich gewesen!, dachte sie.

«Siehst du die neun Festwagen?», flüsterte sie Poldi zu. «Die sind alle für mich!»

Wenn ein Mitglied der königlichen Familie Geburtstag hatte, schmückten die Pattaloonier für jedes Lebensjahr einen Festwagen. Und so wurden für Prinzessin Pumpernickel neun Festwagen durch die Straßen gezogen, die von den Pattalooniern mit viel Phantasie und Liebe dekoriert worden waren.

Jeder dieser Festwagen stellte einen bestimmten Abschnitt aus dem Leben der jüngsten Prinzessin dar.

Doch Prinzessin Pumpernickel konnte sie nicht richtig würdigen, weil Poldi immer unruhiger wurde. Er strampelte mit seinen kurzen Beinen, quiekte, heulte, fiepte, schnappte und leckte das Gesicht der Prinzessin ab, die zwischen Vergnügen und Ekel schwankte.

Als Poldi schließlich so wild wurde, dass Prinzessin Pumpernickel ihn nicht mehr halten konnte, reichte sie den Welpen an ihre Kammerzofe Padua weiter.

Gerade fuhr der neunte Festwagen vorbei. Diesen Festwagen hatten pattaloonische Pfadfinder dekoriert. Unter Verwendung enormer Mengen von

Mehl, Zucker, Butter und Schokolade hatten sie eine gigantische Torte gebacken, auf der mit Zuckerguß «Alles Gute zum Geburtstag, Prinzessin Pumpernickel!» stand. Die Torte füllte die gesamte Ladefläche des Festwagens aus und ließ nur noch Platz für drei Pfadfinder frei, die der versammelten Menge Kekse und Bonbons zuwarfen.

Plötzlich näherte sich ein zehnter Wagen. Er war mit Hunderten von rechteckigen, in durchsichtige Folie eingeschweißten Päckchen beladen. Aber das konnten nur die Ehrengäste auf der königlichen Tribüne erkennen.

«Was soll das bedeuten?», schnaubte der König. «Es dürfen doch nur neun Festwagen sein!»

«Was das bedeutet, kann ich Ihnen leider nicht sagen, Eure Majestät», gestand Pino Patrone, der Hausmarschall.

Prinzessin Pumpernickel lächelte geschmeichelt. Zehn Festwagen waren besser als neun!, dachte sie.

Die Pattaloonier, die sich noch um die Kekse und die Bonbons balgten, schenkten dem zehnten Wagen zunächst wenig Beachtung.

Aber dann begann der Mann mit dem breitkrempigen Strohhut, der auf der Ladefläche des Wagens stand, die rechteckigen Päckchen ins Publikum zu werfen. Schlagartig wandte sich das allgemeine Interesse den Päckchen zu, und überall brachen Raufereien aus.

Ja, und schließlich warf der Mann eins der rechteckigen Päckchen hinauf zur Königsfamilie!

Das Päckchen traf Pino Patrone am Kopf und riss seine Perücke herunter. Die Umstehenden schrien auf – teils aus Schreck über das Wurfgeschoss, teils aus Bestürzung über den ungewohnten Anblick von Pino Patrones haarlosem, in der Sonne glänzendem Schädel. Verlegen bückte sich der Hausmarschall nach seiner Perücke und setzte sie sich, so gut es ging, wieder auf.

Dass ihm der Schädel brummte, ließ er sich in gewohnter Selbstbeherrschung nicht anmerken.

Prinzessin Pumpernickel zeigte auf das rechteckige Päckchen, das vor ihren Füßen gelandet war, und fragte: «Was ist das?»

Ihre Frage verstand Padua als Befehl, das Päckchen aufzuheben. Sie hielt es dem König hin. Der König gab dem Hausmarschall seinen Welpen, nahm das Päckchen – und wurde kreidebleich.

Hastig versteckte er es hinter seinem Rücken.

«Es ist n-nichts», stammelte er.

«Und warum versteckst du es, wenn es nichts ist?», fragte Prinzessin Pumpernickel.

«Bei dem Päckchen handelt es sich um … äh …

eine geheime Staatsangelegenheit», behauptete der König.

«Das ist aber eine merkwürdige *geheime* Staatsangelegenheit, wenn die Leute auf der Straße auch solche Päckchen kriegen», sagte Perdita.

In diesem Augenblick rief der Mann mit dem Strohhut zur Tribüne hinauf: «Pumpernickel für Prinzessin Pumpernickel. Guten Appetit!»

Dann warf er die restlichen Päckchen in die Menge. Gleich darauf wendete der Wagen und fuhr davon.

König Peter wurde noch bleicher – falls das überhaupt möglich war.

«Professor Pirsch ...», sagte er.

Ja, er hatte den Mann mit dem Strohhut erkannt: Es war der ehemalige Professor für «Zwischenmenschliche Fragen», den er am Tag nach der verunglückten Namensgebung seiner jüngsten Tochter aus Pattaloonia verbannt hatte – als Strafe für dessen Bemerkungen, ein König sei ein Mensch wie alle anderen und müsse sich zu seinen Fehlern bekennen.

«Was soll das bedeuten: Pumpernickel für Prinzessin Pumpernickel?», fragte Prinzessin Pumpernickel jetzt. «Und wieso hat der Mann guten Appetit gewünscht?»

König Peter stöhnte nur. Dies also war der Moment, vor dem er sich neun Jahre lang gefürchtet hatte und von dem er inständig gehofft hatte, er werde niemals kommen!

«Gib unserer Tochter das Päckchen», sagte die Königin.

Dem König zitterten die Hände, als er Prinzessin Pumpernickel das Päckchen reichte.

«Pumpernickel», las die Prinzessin die Schrift auf der Packung vor. «Mit ganzen Roggenkörnern. In unserer eigenen Mühle gemahlen. Keine Konservierungsstoffe. Reich an Ballaststoffen, frei von Cholesterol. Nach dem Öffnen kühl lagern und innerhalb einer Woche verbrauchen …»

Es dauerte ein paar Minuten, bis Prinzessin Pumpernickel begriff, was sie da vorgelesen hatte.

«Ihr habt mich nach einem Brot benannt?», rief sie dann und blickte mit funkelnden Augen zwischen ihrem Vater und ihrer Mutter hin und her.

«Es war ein Missverständnis, glaub mir», sagte der König. «Ich …» Die Stimme versagte ihm.

Pino Patrone räusperte sich mehrmals. In den Straßen steckten die Pattaloonier bereits die Köpfe zusammen und lachten, und einige zeigten mit ihren Pumpernickel-Packungen hinauf zur Tribüne. Zum Glück schien die königliche Familie noch nichts davon gemerkt zu haben.

«Gestatten, Eure Majestät», sagte der Hausmarschall, «aber meiner Ansicht nach wäre es ratsam, wenn Sie das Gespräch in Ihren privaten Gemächern fortsetzen würden. Ich fürchte, man wird bereits aufmerksam. Und das ist, denke ich, nicht gut.»

«Gut, gut, gut!», kreischte Prinzessin Pumpernickel. «Nichts ist gut, überhaupt nichts!»

Sie riss die Packung auf und verstreute die schwarzen Brotscheiben über den Boden. Dann trampelte sie auf den Scheiben herum und schrie: «Nach einem Brot, nach einem gewöhnlichen Brot, haben sie mich benannt! Wie peinlich! So eine Blamage! So eine Schande!»

Als sich Prinzessin Pumpernickel immer mehr in ihre Wut hineinsteigerte, wollte die Königin sie besänftigend in den Arm nehmen. Doch die Prinzessin wehrte sich. «Rühr mich nicht an!», rief sie.

Mit einem Seufzer zog sich die Königin zurück, und der König musste die königlichen Wachen auffordern, einzugreifen.

So wurde eine zornesrote, sich heftig zur Wehr setzende Prinzessin Pumpernickel an ihrem neunten Geburtstag von vier Soldaten der Schlossgarde abgeführt. Es war ein schmachvoller Anblick, der dem König, der Königin und den drei älteren Prinzessinnen die Tränen in die Augen trieb.

Auch Padua, mit Poldi auf dem Arm, bekam feuchte Augen. Selbst die Berater und Minister schneuzten sich in ihre Taschentücher.

Nur der Chronist des Hofes blieb ganz ruhig.

Aber er musste ja auch alles für die pattaloonischen Geschichtsbücher festhalten und durfte nicht das geringste Detail verpassen.

8
Vom Namensregister im Himmel

In ihren privaten Gemächern sagte die Königin zu Prinzessin Pumpernickel: «Wir müssen mit dir sprechen.»

Aber die Prinzessin reckte ihr Kinn und entgegnete trotzig: «Ich spreche erst wieder mit euch, wenn ihr mir einen neuen Namen gegeben habt!»

«Das ist leider völlig ausgeschlossen», sagte der König mit einer für ihn ganz ungewohnten leisen und kraftlosen Stimme. Aber er fühlte sich furchtbar – als wäre sein Herz in mehrere Teile zerbrochen.

«Und warum ist das völlig ausgeschlossen?», fragte Prinzessin Pumpernickel.

«Erklär du es unserer Tochter», bat der König seine Gemahlin. Vor Kummer hatte sich sein Gesicht in tiefe Falten gelegt, sodass er einer Bulldogge glich – einer traurigen pattaloonischen Bulldogge.

«Also, es ist so …», sagte Königin Pia.

Sie blickte hinüber zu den Bediensteten, die neben der Tür auf Anweisungen warteten.

«Geht in den Vorraum!», rief sie ihnen zu.

Die Bediensteten gehorchten. Nun waren der König und die Königin mit ihrer jüngsten Tochter allein.

«Also, es ist so …», sagte Königin Pia ein zweites Mal.

Eigentlich hätte die Königin nun berichten müssen, was sich damals am Tag nach der Geburt ihrer jüngsten Tochter im Thronsaal ereignet hatte: Wie der König das schwarze Brot sah und Appetit bekam, wie ihm das Wort «Pumpernickel» über die Lippen schlüpfte und wie daraufhin die pattaloonischen Würdenträger – und sie selbst auch – glaubten, dies sei der Name, den der König für seine neugeborene Tochter ausgewählt hätte …

Aber damit hätte sie zugeben müssen, dass der König von Pattaloonia einen Fehler gemacht hatte! Und das hätte seine Autorität untergraben. Seine Autorität ist jedoch das Wichtigste, was ein König besitzt. Jeder in seinem Königreich soll zu ihm aufsehen, ihn respektieren und achten und vielleicht sogar ein bisschen fürchten.

Und nicht nur vor den Bürgern seines Landes soll

der König ohne Fehl und Tadel dastehen – auch vor seinen eigenen Kindern!

Jedenfalls war es das, was Königin Pia dachte.

Und so beschloss die Königin, ihrer jüngsten Tochter eine Geschichte zu erzählen.

«Wir Pattaloonier glauben, dass es im Himmel ein Namensregister gibt», begann Königin Pia ihre Geschichte. «In diesem Namensregister sind wir alle mit dem Namen verzeichnet, der uns am Tag nach unserer Geburt verliehen wurde. Kannst du dir vorstellen, was passiert, wenn ein Pattaloonier später seinen Namen ändert?»

«Nein!», sagte die Prinzessin.

«Wenn ein Pattaloonier später seinen Namen ändert, geht er – oder sie – für immer verloren und kann nie wiedergefunden werden», schloss die Königin ihre Geschichte.

Prinzessin Pumpernickel überlegte einen Moment. Dann schüttelte sie den Kopf und sagte: «Das mit dem Namensregister im Himmel hast du dir ausgedacht!»

«Eine Geschichte, die sich jemand ausdenkt, kann trotzdem wahr sein», erwiderte die Königin.

«Aber du hast mir die Geschichte nur erzählt, weil ihr mir keinen neuen Namen geben wollt!», rief die Prinzessin. «Ihr wollt es einfach nicht!»

Die Königin sah ihren Gemahl, den König, an. «Sag du doch etwas!», bat sie.

«Mir ist nicht gut», murmelte der König.

«Das macht bestimmt der Hunger», sagte Königin Pia.

Auf der Tribüne hatte König Peter nur ein paar getrocknete Datteln und Feigen sowie eine Handvoll Nüsse zu sich genommen.

«Ich bin nicht hungrig», sagte der König.

Selbst der Gedanke an das Festessen, das am Abend zu Ehren von Prinzessin Pumpernickels Geburtstag im Spiegelsaal des Schlosses stattfinden sollte, löste bei ihm keine Vorfreude aus. Ja, es war das erste Mal, dass ihn die Aussicht auf ein Festmahl nicht aufheitern konnte!

«Ich werde mich eine Weile hinlegen», kündigte er an.

Mit schweren Schritten begab er sich in das königliche Schlafgemach, begleitet von seiner Gemahlin, der Königin.

Padua brachte Prinzessin Pumpernickel in ihre prinzesslichen Gemächer.

Vorher allerdings reichte Padua den Welpen Poldi an den Oberstallmeister weiter, der ihn zu seiner Mutter, der Königspudel-Hündin, zurücktrug. Dort sollte Poldi bleiben, zusammen mit seinem Bruder Poldino, bis die Prinzessin oder der König wieder nach ihnen verlangte.

Diesmal ließ sich Prinzessin Pumpernickel sogar von Padua beim Ausziehen helfen. Danach ging sie ins Bett – zum zweiten Mal an ihrem Geburtstag!

Doch sie konnte nicht einschlafen.

Im angrenzenden Salon hörte Padua, wie die Prinzessin Selbstgespräche führte. Hin und wieder drang sogar ein Schluchzen an Paduas Ohr.

Unterdessen hatte im Schlosshof die Geburtstags-feier begonnen. Lächelnd und winkend zeigten sich Königin Pia und die Prinzessinnen Ponderosa, Perdita und Pamelina auf dem Balkon des Schlosses. Die Abwesenheit des Königs und der eigentlichen Hauptperson, Prinzessin Pumpernickel, hatte der Hausmarschall Pino Patrone damit erklärt, dass die beiden auf der Geburtstags-Parade bedauerlicherweise einen Sonnenstich erlitten hätten.

Doch kaum jemand glaubte das. Die Pattaloonier, die bei der Parade dabei gewesen waren, hatten in der Zwischenzeit das schwarze, süßlich-herbe Brot probiert. Und natürlich hatten sie einige Überlegungen angestellt: Wie kam es, dass die jüngste Prinzessin und das schwarze Brot denselben Namen trugen? Weshalb konnte man Pumpernickel nicht in Pattaloonia kaufen? Und wer war der Mann auf dem zehnten Festwagen gewesen, der die Packungen mit dem Pumpernickel ins Publikum geworfen hatte?

Überall standen die Leute in Grüppchen zusammen, redeten und lachten. Und da in Pattaloonia nur selten etwas Aufregendes passierte, hatten sie alle eine großartige Zeit.

Auch die hundertvierzig sogenannten besten Freundinnen der Prinzessin amüsierten sich königlich, im wahrsten Sinne des Wortes, denn König Peter hatte für den Geburtstag seiner jüngsten Tochter einen Vergnügungspark aufbauen lassen. Zu diesem Vergnügungspark gehörten eine Geisterbahn, Karussells und ein Riesenrad. Eine kleine Eisenbahn fuhr, es gab Buden, Läden und Marktstände.

Und niemand musste bezahlen, alles war umsonst.

Der Duft von gebrannten Mandeln und Zuckerwatte lag in der Luft, die von den Rufen der Aussteller und vom Lachen der Gäste erfüllt war.

Natürlich drang der fröhliche Lärm auch bis zu den Gemächern von Prinzessin Pumpernickel. Doch die verkroch sich nur noch tiefer in ihren seidenen Decken.

9
Die Kribbel-Krabbel-Käfer

Ja, und dann waren es nur noch zwei Stunden bis zum Beginn des großen Festessens im Spiegelsaal! Doch der König und Prinzessin Pumpernickel hatten sich in ihren Betten verkrochen und schienen entschlossen, überhaupt nicht an dem Festessen teilzunehmen …

Aber das wollte die Königin unter keinen Umständen zulassen! Und so entwickelte sie einen Plan.

Als Erstes ging Königin Pia in das königliche Schlafgemach und weckte den König, der es gar nicht mochte, wenn er aus seinen Träumen gerissen wurde. Aber seine Miene hellte sich sofort auf, als ihm die Königin sagte, Prinzessin Pumpernickel wolle nun doch zu ihrem Geburtstags-Festessen kommen; vorausgesetzt, er, der König, wäre auch dabei.

«Dann hat sie mir verziehen? Mein süßes Engelchen hat mir verziehen?» Gerührt wischte sich König Peter den Schlaf und ein paar Tränen aus den Augenwinkeln.

«Ich denke schon», sagte die Königin. Das war nicht unbedingt die Wahrheit, aber es war auch nicht die Unwahrheit.

Freudestrahlend verließ der König sein königliches Bett und befahl dem Kammerherrn, ihm seine Festgewänder und seine Krone zu bringen.

Anschließend sprach die Königin mit dem königlichen Hofmagier, Peregrin Purpur, bevor sie sich auf den Weg zu ihrer jüngsten Tochter machte.

Mit einer Räucherschale in der Hand, aus der dichte weiße Dämpfe aufstiegen, betrat Königin Pia die Gemächer von Prinzessin Pumpernickel.

Padua erhob sich von dem Sofa, auf dem sie gesessen und in der Chronik von Pattaloonia gelesen hatte, verbeugte sich ehrerbietig – und musste niesen.

Sie entschuldigte sich.

Doch die Königin nickte Padua freundlich zu und flüsterte, sie solle ihr ins Schlafgemach folgen.

Prinzessin Pumpernickel lag auf ihren seidenen Kissen und tat, als würde sie schlafen. In Wirklichkeit war sie wach und spähte unter ihren langen schwarzen Wimpern hervor.

Königin Pia stellte die Räucherschale auf den Nachttisch, nahm in dem Sessel neben dem Bett der Prinzessin Platz ... und wartete.

Es dauerte auch nicht lange, und Prinzessin Pumpernickel musste niesen, genau wie vorher Padua, die – wie es sich für eine Kammerzofe geziemte – an der Tür wartete.

Prinzessin Pumpernickel nieste einmal, zweimal, dreimal. Dann setzte sie sich verärgert im Bett auf und rief: «Was riecht hier so eklig?»

«Eichenrinde, vermischt mit Myrrhe und Engelwurz», antwortete ihre Mutter, die Königin.

Auf Anraten von Peregrin Purpur hatte sich die Königin Pfefferminzblätter in die Nasenlöcher gestopft, die sie vor den stechenden Dämpfen schützten. Ihre Stimme klang deshalb etwas näselnd.

«Was?» Die Prinzessin nieste noch zweimal.

«Eichenrinde, vermischt mit Myrrhe und Engelwurz», wiederholte die Königin. «Damit wollen wir die Kribbel-Krabbel-Käfer vertreiben, die sich in deinem Bett eingenistet haben.»

«Kribbel-Krabbel-Käfer? In *meinem* Bett?», rief Prinzessin Pumpernickel entsetzt.

Und schon glaubte sie, auf ihrem Kissen, ihrem

Laken und ihren seidenen Decken lauter Käfer herumkrabbeln zu sehen. Mit einem Satz sprang sie aus dem Bett.

«Iih!», schrie sie. «Iiiiih!»

Die Königin unterdrückte ein Lächeln. Selbstverständlich war das Bett der Prinzessin frei von allem Ungeziefer. Die königlichen Bediensteten achteten auf peinliche Sauberkeit, und die Betten der Königsfamilie wurden jeden Tag frisch bezogen.

«Du hast gedacht, es wären Kuchenkrümel, die Petruschka in deinem Bett übersehen hätte, nicht wahr? Aber es waren Kribbel-Krabbel-Käfer», sagte die Königin.

Prinzessin Pumpernickel hüpfte von einem Bein aufs andere.

«Jetzt kribbelt und krabbelt es auch schon zwischen meinen Zehen!», schrie sie.

«Die Kribbel-Krabbel-Käfer fürchten nichts so sehr wie die Dämpfe von Eichenrinde, Myrrhe und Engelwurz, hat mir unser Hofmagier versichert», erklärte die Königin mit bewundernswürdigem Ernst. «Der Rauch muss allerdings zwölf Stunden ungestört einwirken, hat Peregrin Purpur gesagt. In dieser Zeit darf niemand das Bett benutzen.»

«Zwölf Stunden? Und was soll *ich* so lange machen?», rief Prinzessin Pumpernickel.

«Am besten lässt du dich von Padua ankleiden und kommst dann in den Spiegelsaal», sagte die Königin.

«In den Spiegelsaal? Etwa zum Prinzessin-Pumpernickel-Festessen?» Die Prinzessin legte all ihren Zorn, all ihre Geringschätzung in die Art, wie sie den Namen *Pumpernickel* aussprach.

«Im Spiegelsaal werden bestimmt keine Kribbel-Krabbel-Käfer sein», sagte die Königin.

Gedanklich war sie schon bei den Anordnungen, die sie noch für das Geburtstags-Festessen treffen musste. Vor allem durfte keinerlei Brot auf die Festtafel gelangen, um sicherzustellen, dass niemand Pumpernickel einschmuggelte, überlegte sie.

Ja, sie würde den Oberküchenmeister und seine Unterköche anweisen, die Käsehäppchen, die Krabben, den Lachs und den Kaviar auf Salatblättern anstelle von Brotscheiben anzurichten. Auf diese Weise konnte es keine unliebsamen Überraschungen geben.

Die Königin schürte noch einmal die Glut unter dem Räucherwerk. Wieder stiegen dichte weiße Dämpfe auf.

Prinzessin Pumpernickel und Padua niesten.

«Und alles nur wegen dieser Kribbel-Krabbel-Käfer!», schimpfte die Prinzessin.

Um den stechenden Dämpfen und vor allem dem

Niesen zu entkommen, forderte sie Padua auf, ihr so schnell wie möglich ein Kleid – irgendein Kleid – zu bringen.

Padua verbeugte sich und sagte: «Sehr wohl, Eure Majestät.»

«Dann sehen wir uns also im Spiegelsaal!» Zufrieden eilte Königin Pia in die Schlossküche, um die letzten Anweisungen für das Festessen zu geben.

10
Prinzessin Pumpernickel verschwindet

Padua brachte der Prinzessin selbstverständlich nicht *irgendein* Kleid. Für das Geburtstags-Festessen wählte sie ein schneeweißes Ballkleid aus, das obendrein Paduas persönliches Lieblingskleid war – hatte sie es doch in der königlichen Nähstube eigenhändig mit Hunderten von Perlen bestickt!

Inzwischen tränten die Augen der Prinzessin, und sie ließ sich ohne Schwierigkeiten ankleiden. Padua setzte ihr noch den Reif ins Haar, und dann verließen sie die Gemächer der Prinzessin.

Im Flur musste Prinzessin Pumpernickel wieder niesen. Gleich darauf nieste auch Padua. Der königliche Wachtposten, der den Eingang zu Prinzessin Pumpernickels Gemächern bewachte, hüstelte, um die beiden an seine Anwesenheit zu erinnern.

Prinzessin Pumpernickel nickte ihm hoheitsvoll zu.

Als sie sich dem Treppenhaus näherten, wurden die Schritte der Prinzessin immer langsamer. Und dann, als sie die geschwungene Treppe erreichten, blieb die Prinzessin stehen.

Aber sie wollte ja gar nicht in den Spiegelsaal gehen! Dort würde man sie wieder nur als Prinzessin *Pumpernickel* feiern, und das würde diesen fürchterlichen Geburtstag noch fürchterlicher machen!

Wohin sie sonst hätte gehen können, wusste die Prinzessin allerdings auch nicht.

Und so blickte sie den dreißig oder noch mehr festlich gekleideten Mädchen, die gerade laut schnatternd wie eine Schar Gänse die Treppe heraufkamen, mit spöttisch gekräuselten Lippen entgegen.

Die Mädchen gehörten zu den hundertvierzig «besten Freundinnen», die König Peter eingeladen hatte. Doch Prinzessin Pumpernickel kannte keine Einzige von ihnen.

«Sie sollten nicht an der Treppe stehen, Eure Majestät», flüsterte Padua. «Das wirkt unprinzessinnenhaft, fürchte ich.»

Prinzessin Pumpernickel gab keine Antwort. Ein Mädchen mit flammend roten Haaren hatte ihre Aufmerksamkeit erregt. Und weil die Prinzessin noch nie solch eine außergewöhnliche Haarfarbe gesehen hatte, verspürte sie sogar ein wenig Neid.

Beim Anblick der Prinzessin hielten die Mädchen auf den Stufen inne.

Ja, das prächtige Ballkleid der Prinzessin und ihr kostbarer Reif, auf dem die Edelsteine nur so blitzten und funkelten, ließen sie voller Andacht und Ehrfurcht verstummen.

Aber wie junge Mädchen nun einmal sind, konnten sie nicht lange still sein, und schon bald begannen sie wieder durcheinanderzuschwatzen, zu kichern und zu lachen. Eins ums andere Mal hörte die Prinzessin ihren Namen *Pumpernickel*, und da blieb es nicht aus, dass sie glaubte, die Mädchen würden sich über sie lustig machen und sie verspotten.

Als dann auch noch das Mädchen mit den flammend roten Haaren rief: «Mir hat der Pumpernickel geschmeckt!», stieß die Prinzessin ein wütendes Fauchen aus und lief davon.

Doch sie lief nicht nach rechts, in den neuen Flügel des Schlosses, wo der Spiegelsaal war. Sie lief nach links, in den alten Flügel des Schlosses!

Mit ihren bequemen flachen Schuhen hatte Padua keine Mühe, die Prinzessin einzuholen, deren elegante Schnürstiefelchen mehr zum Repräsentieren als zum Laufen gedacht waren.

«Entschuldigen Sie, Eure Majestät, aber Sie haben sich in der Richtung geirrt», sagte Padua, als sie auf der Höhe der Prinzessin war. «Der Spiegelsaal, in dem gleich das Festessen zu Ehren Eurer Majestät beginnt, liegt auf der anderen Seite!»

Prinzessin Pumpernickel war viel zu zornig, um sich auf eine Diskussion mit ihrer Kammerzofe einzulassen. «Lass mich in Ruhe!», zischte sie.

«Aber Eure Majestät, ich kann Sie doch nicht einfach –», sagte Padua.

«Hast du nicht gehört? Du sollst mich in Ruhe lassen!», schnitt Prinzessin Pumpernickel der Kammerzofe das Wort ab.

«Sehr wohl. Wie Sie wünschen, Eure Majestät.» Padua knickste und blieb gehorsam stehen.

Prinzessin Pumpernickel lief weiter.

Hätte Padua mehr Erfahrung als Kammerzofe gehabt, wäre sie der Prinzessin gefolgt – einerlei, was die gesagt oder befohlen hätte.

Aber so schaute sie nur bekümmert zu, wie sich Prinzessin Pumpernickel immer weiter vom Spiegelsaal entfernte, wo der König und die Königin, die drei älteren Prinzessinnen und viele, viele pattaloonische Würdenträger und Ehrengäste bereits ungeduldig – und hungrig! – auf den Beginn des Festessens warteten.

Schließlich machte der Flur eine Biegung, und die Prinzessin war Paduas Blicken entschwunden.

Prinzessin Pumpernickel zog sich erst einmal die engen Stiefelchen aus. Während sie das tat, horchte sie, und zu ihrer Verwunderung merkte sie, dass Padua ihr tatsächlich nicht folgte. Fast hätte sie Hurra geschrien, denn das bedeutete: Sie hatte das für eine Prinzessin nahezu Unmögliche geschafft: Sie war ohne Begleitung, ohne Aufsicht, ohne Kontrolle!

Sie war ... frei!

Nein, wirklich frei natürlich nicht, ging es Prinzessin Pumpernickel gleich darauf durch den Kopf. Sie war noch immer im königlichen Schloss, sie war noch immer die jüngste Prinzessin mit dem schrecklichen Namen. Und es würde auch nicht lange dauern, bis man im ganzen Schloss nach ihr suchte.

Etwas musste sie unternehmen – aber was?

Auf einmal hatte sie eine Idee: Sie würde mit dem Hofmagier sprechen!

Er musste ihr einen neuen Namen geben – einen schönen, respektablen Namen, wie er zu einer schönen, respektablen Prinzessin passte!

Und wenn das geschehen war, musste Peregrin Purpur die Erinnerung an ihren alten Namen für

alle Zeiten aus den Köpfen der Pattaloonier herauszaubern!

Auf seidenen Strümpfen, mit ihren Schnürstiefelchen in den Händen, lief die Prinzessin zum Eingang des alten Schlossturms, in dem der königliche
Hofmagier wie ein Einsiedler lebte.

Ihre Befürchtung, jemand würde sie sehen und
aufhalten, bewahrheitete sich nicht, denn dieser Flügel des Schlosses wurde nur selten benutzt, und die
Gemächer hier blieben die meiste Zeit verschlossen.
Außerdem waren die Bediensteten mit den Vorbe-
reitungen für das Festessen im Spiegelsaal beschäftigt. Fünfhundert Gäste sollten begrüßt, zu ihren
Tischen geleitet und bewirtet werden, was gewiss
keine Kleinigkeit war; nicht einmal am Königshof
von Pattaloonia.

Und so erreichte Prinzessin Pumpernickel unbe-
merkt den alten Schlossturm.

Der König hatte seinen vier Töchtern ausdrücklich
verboten, diesen Bereich zu betreten, und bislang
war es Prinzessin Pumpernickel nicht schwergefal-
len, sich an dieses Verbot zu halten.

Aber das hatte sich nun geändert!

Neugierig betrachtete sie den geschnitzten Löwenkopf, der an der Tür zum Schlossturm ange-

bracht war. In seinem weit aufgerissenen Maul hielt er zwischen langen Raubtierzähnen den gusseisernen Ring zum Anklopfen.

Bestimmt war es seine Aufgabe, Besucher einzuschüchtern und abzuschrecken!, dachte die Prinzessin. Aber sie fand ihn eher lustig. Einen echten Löwen hätte sie selbst gern als Haustier gehabt – natürlich nur einen, der schon für sie gezähmt worden war!

«Pass auf, du!», sagte sie zu dem Löwenkopf. «Jetzt werden wir den Hofmagier wissen lassen, dass Prinzessin Pum-»

Sie brach ab. Um ein Haar hätte sie doch tatsächlich ihren alten Namen ausgesprochen!

«– dass die jüngste Tochter des Königs von Pattaloonia Einlass in den Schlossturm begehrt!», setzte sie würdevoll ihre Ansprache fort. Dann ergriff sie den Ring und schlug damit einmal kräftig auf den gusseisernen Knopf.

Der dumpfe Ton klang wie ein Donnerschlag.

Umso mehr wunderte es die Prinzessin, als nichts geschah, überhaupt nichts. Sie klopfte noch einmal. Plötzlich öffnete sich die Tür mit einem leisen Knarrren – aber nur einen Spaltbreit.

«Königlicher Hofmagier? Peregrin Purpur?», fragte Prinzessin Pumpernickel. «Sind Sie es?»

Als auch dann keine Antwort kam, drückte Prinzessin Pumpernickel die Tür ganz auf.

Wahrscheinlich hatte Peregrin Purpur die Tür nicht richtig zugesperrt, sodass sie durch ihr Klopfen aufgesprungen war!, überlegte die Prinzessin.

Sie zog ihre Schnürstiefelchen wieder an und trat ein.

Auch jetzt war niemand zu sehen oder zu hören.

Prinzessin Pumpernickel machte die Tür hinter sich zu. Dann stieg sie im Halbdunkel – denn der alte Schlossturm hatte keine Fenster, nur schmale Öffnungen im Mauerwerk –, die Wendeltreppe zu den verbotenen Kammern des Magiers hinauf.

11
Die Suche nach der Prinzessin

Nicht lange danach erfuhr der König durch seinen Hausmarschall Pino Patrone, dass seine jüngste Tochter verschwunden war.

Pino Patrone hatte es von Parzival Prattenfeld gehört, dem Hauptmann der Schlossgarde, und der wiederum hatte es vom Unterleutnant Pudo Post erfahren, dem sich Padua anvertraut hatte.

Ja, nachdem Padua vergeblich auf die Rückkehr der Prinzessin gewartet hatte, war sie schließlich doch hinter Prinzessin Pumpernickel hergelaufen. Aber es war natürlich viel zu spät gewesen.

Mit dem Gefühl, bereits an ihrem ersten Tag als Kammerzofe kläglich versagt zu haben, war Padua ins Treppenhaus zurückgekehrt, wo am Geländer Pudo Post in der schmucken Uniform des Unterleutnants gestanden hatte.

Schluchzend hatte Padua ihm berichtet, was geschehen war.

König Peter polterte und wetterte, tobte und schäumte! Dazu fuchtelte er mit den Armen und stampfte mit den Füßen, dass es zum Fürchten war.

Die junge Kammerzofe dürfe ihm niemals wieder unter die Augen treten, weil er ihr sonst den Hals umdrehen würde!, brüllte er. Denn so war König Peter: In seinem Zorn kannte er keine Mäßigkeit!

Er löste auch umgehend das Prinzessin-Pumpernickel-Festessen auf.

Viele Gäste steckten sich noch rasch etwas von dem vorzüglichen Essen ein, vor allem jene Damen, die tiefe Handtaschen bei sich trugen. Sogar einige Herren stopften sich heimlich Delikatessen, in Servietten gewickelt, in ihre Hosentaschen.

Dem König war, wie man sich leicht vorstellen kann, jeder Gedanke ans Essen vergangen.

«Und wo, glauben *Sie*, ist die Prinzessin?», herrschte er seinen Hausmarschall an.

Pino Patrone antwortete, die Prinzessin werde bestimmt in den weitläufigen Parkanlagen des Schlosses umherspazieren.

Diese Auskunft beruhigte den König – bedeutete sie doch, dass seiner jüngsten Tochter nichts passiert war und dass er die Prinzessin bald wieder in

die Arme schließen würde! Er ließ sich seine Jagd-
kleidung bringen. Dann bestieg er sein königliches
Pferd und ritt in den Schlossgarten hinaus.

Doch es dauerte nicht lange, bis seine Augen von
der Sorge um die Prinzessin tränenblind waren und
er gar nichts mehr erkennen konnte.

Pino Patrone überredete den König, in seine privaten Gemächer zurückzukehren und dort gemeinsam mit der Königin und den drei älteren Prinzessinnen alles Weitere abzuwarten.

Mittlerweile war das gesamte Schlosspersonal
ausgeschwärmt, unterstützt von den Würdenträgern
und Gästen. Selbst der Oberküchenmeister, die Unterköche und die Küchenhilfen suchten nach der
Prinzessin.

Auch die Wachhunde hatte man freigelassen. Im
Schlosspark und in den königlichen Gärten er-
klangen militärische Kommandos, Kinder weinten,
Hunde bellten. Es herrschte ein furchtbares Durcheinander – das Gegenteil einer vergnüglichen Geburtstagsfeier!

Als man nicht die kleinste Spur der Prinzessin
entdeckte, verkündete der Hauptmann der Schlossgarde, Parzival Prattenfeld: «Prinzessin Pumpernickel muss im Schloss sein!»

Unter seiner Führung machten sich alle daran, das Königsschloss zu durchsuchen, vom Keller bis zum Dachboden.

Nur den alten Schlossturm – den durchsuchte niemand.

Der Hofmagier, Peregrin Purpur, war wie die meisten Schlossbewohner im Spiegelsaal gewesen, als Pino Patrone den König vom Verschwinden seiner jüngsten Tochter unterrichtet hatte.

Nachdem der König die Festgesellschaft aufgelöst hatte, war die Königin zum Tisch des Hofmagiers gelaufen und hatte ihn angefleht, in den Schlossturm zu gehen und seine Kristallkugel und seine Wahrsagekarten zu befragen, um herauszufinden, wo sich die Prinzessin aufhielt.

Als der Hofmagier nun vom Spiegelsaal in den alten Flügel des Schlosses eilte, erblickte er eine bunt zusammengewürfelte Gruppe von Pattalooniern, die gegen Türen hämmerten, an Klinken rüttelten und eins ums andere Mal: «Eure Majestät? Prinzessin Pumpernickel?», riefen.

Gerade näherten sich der Oberküchenmeister und zwei seiner Unterköche der Eingangstür zum alten Schlossturm.

«Im Turm ist die Prinzessin ganz bestimmt nicht!», rief Peregrin Purpur ihnen zu. «Ich habe die Tür vorhin eigenhändig abgeschlossen!»

«Prinzessin Pumpernickel würde auch nie in das alte Gemäuer gehen», ließ sich da Peggy Primrose vernehmen. «Die Prinzessin fürchtet nichts so sehr wie Staubflocken und Spinnweben und Motten!»

Im ersten Augenblick wollte Peregrin Purpur entgegnen, der Turm sei zwar alt, aber keineswegs schmutzig und ungepflegt. Doch dann hielt er es für klüger, nichts zu sagen.

Das Letzte, was der Hofmagier gebrauchen konnte, waren Neugierige, die in seinem Turm hinter jede Tür und in jeden Schrank guckten. Denn Magie kann sich nur im Geheimen, im Verborgenen entfalten – abgeschirmt vom Lärm und Getriebe der Welt!

Und so kam es, dass niemand darauf bestand, den alten Schlossturm zu durchsuchen.

Peregrin Purpur sah dem Hauptmann der Schlossgarde, der Gouvernante, dem Oberküchenmeister und all den anderen nach, bis sie verschwunden waren. Erst dann steckte er seinen Schlüssel in das Schloss.

Man kann sich die Überraschung des Hofmagiers vorstellen, als er merkte, dass die Tür gar nicht abgeschlossen war! Wie es schien, wurde er wirklich alt und vergesslich …

Gedankenvoll in seinen Bart murmelnd, betrat Peregrin Purpur den Turm. Dann verriegelte er die Tür besonders sorgfältig und stieg die Wendeltreppe hoch.

12
allein im Schlossturm

Prinzessin Pumpernickel war anfangs ganz ungläubig gewesen, als sie den königlichen Hofmagier *nicht* im Schlossturm angetroffen hatte.

Ja, während sie die Wendeltreppe hochgestiegen war, hatte sie sich schon ausgemalt, wie ihr der Hofmagier die schönsten Namen – einer schöner als der andere – vorschlagen würde, bis sie den allerschönsten, allerbesten Namen für sich gefunden hätte!

Und dann würde Peregrin Purpur seinen Zauberstab nehmen, ein paar Zauberformeln sprechen und – Abrakadabra! – würde sie die Prinzessin mit dem allerschönsten Namen sein, und niemand in Pattaloonia würde sich mehr an ihren alten Namen erinnern!

Bei dieser Vorstellung hatte sie eine wunderbare

Leichtigkeit und Fröhlichkeit verspürt – zum ersten Mal an diesem fürchterlichen Geburtstag!

Jedenfalls war es Prinzessin Pumpernickel keine Sekunde lang in den Sinn gekommen, der Hofmagier könnte nicht in seinem Turm sein.

Aber da sie sich geschworen hatte, erst dann zu ihrer königlichen Familie zurückzukehren, wenn sie einen neuen, respektablen Namen hatte, musste sie sich in das Unvermeidliche fügen und tun, was eine Prinzessin sonst nie tut: warten.

Und Prinzessin Pumpernickel musste nicht nur warten ... sie war auch plötzlich vollkommen allein!

Keine Bediensteten, keine Kammerzofe, keine Gouvernante bemühte sich um sie. Keine älteren Schwestern, kein König und keine Königin fragten, wie sie sich fühle, was sie auf dem Herzen habe.

Es dauerte auch nicht lange, bis die Prinzessin festgestellt hatte, dass ihr die Stille hier oben im Schlossturm ganz und gar nicht gefiel.

Die munteren Stimmen der Bediensteten, die Geräusche, die sie bei der Arbeit machten, die Schritte auf dem Parkett, das Paradieren der Schlossgarde unter ihren Fenstern; all das waren vertraute Klänge gewesen, die Prinzessin Pumpernickel gemocht hatte – obwohl sie oft und gern «Ruhe! Macht nicht solchen Lärm!» gerufen hatte. Aber das hatte sie nur gerufen, weil sie es lustig fand, die Bediensteten herumzuscheuchen.

Nun jedoch konnte sie niemandem herumscheuchen, noch nicht einmal Peregrin Purpur!

Obendrein fühlte sich die Prinzessin inmitten all der seltsamen Dinge, die der Hofmagier anscheinend zum Zaubern brauchte, nicht besonders wohl.

Da gab es eine Kammer mit vergitterten Fenstern, in der große, mit dunklen Flüssigkeiten gefüllte Kessel und Zuber standen. Die Schränke in dieser Kammer enthielten sonderbar aussehende Instrumente und gläserne Gefäße, in denen getrocknete Kräuter, Knochen, Haare, Federn, verschiedene Pulver, tote Käfer und andere merkwürdige Dinge waren.

Nicht dass Prinzessin Pumpernickel sich gefürchtet hätte! Sie hatte sich noch nie in ihrem Leben gefürchtet und wusste auch gar nicht, wie sich das anfühlte. Nein, die Dinge in Peregrin Purpurs Zauberküche behagten ihr einfach nicht!

Die Prinzessin stieß einen Seufzer aus und begab sich in die – wie sie fand – freundlichste Kammer, in der es außer Schränken mit Büchern nur noch einen Tisch, einen Stuhl, eine Lampe und ein Sofa gab. Ein bisschen komisch war ihr allerdings doch zumute, und so machte sie die Tür hinter sich zu.

In einem der Bücherschränke entdeckte sie ein dickes Buch mit farbigen Bildern, auf denen sie doch tatsächlich ihresgleichen bewundern konnte: Prinzessinnen, Königinnen und Könige!

Prinzessin Pumpernickel hatte noch nie selbst ein Buch gelesen. Das Lesen war der Prinzessin bisher zu anstrengend gewesen – und zu gewöhnlich, denn Lesen lernen schließlich alle, die zur Schule gehen.

Außerdem konnte sich Prinzessin Pumpernickel jederzeit etwas vorlesen lassen: von ihrer Gouvernante, von ihrer Kammerzofe, von ihren drei Schwestern.

Doch hier, im alten Schlossturm, war niemand, der ihr etwas vorgelesen hätte. Die Prinzessin steckte ihre hübsche kleine Nase in das dicke Buch und begann wirklich und wahrhaftig … zu lesen!

Ohne es zu merken, wurde sie immer tiefer in die Geschichten hineingezogen – bis ihre Wangen glühten und sie noch nicht einmal hörte, dass die Stufen der Wendeltreppe unter den Schritten des Hofmagiers, der soeben aus dem Spiegelsaal zurückkehrte, leise knarrten.

13
Der Trunk gegen die Vergesslichkeit

am Ende der Wendeltreppe blieb der Hofmagier stehen, um zu verschnaufen.

Ich werde wohl tatsächlich alt, wenn mir die Stufen so viel Mühe bereiten …, dachte er.

Dieser Eindruck, alt und damit auch vergesslich zu werden, verstärkte sich noch, als sein Blick auf die geschlossene Tür der Kammer fiel, in der Prinzessin Pumpernickel saß und in dem dicken Buch las.

Peregrin Purpur machte nie die Türen zu seinen Kammern zu; warum auch, da er hier oben allein lebte!

Konnte dasselbe wie mit der Eingangstür zum Schlossturm passiert sein, nur andersherum?, überlegte er.

Der Hofmagier runzelte seine buschigen Augenbrauen. Die Tür zu der Kammer musste er demnach gegen seine Gewohnheit zugemacht haben ... aber die Eingangstür zum Schlossturm hatte er *nicht* abgeschlossen, obwohl er das sonst immer machte ...

Eigenartig, wirklich, sehr eigenartig!

Aber für Vergesslichkeit gab es Abhilfe!

Vor vielen, vielen Jahren hatte Peregrin Purpur den Trunk gegen die Vergesslichkeit erfunden, von dessen Wirkung König Peter-Paul, der Vater des jetzigen Königs, in den höchsten Tönen geschwärmt hatte.

«Ich kann nur hoffen, dass ich das Rezept für den Trunk gegen die Vergesslichkeit nicht vergessen habe», murmelte der Hofmagier. «Aber falls doch, habe ich mir das Rezept aufgeschrieben. Dann kann ich allerdings nur hoffen, dass ich noch weiß, in welchem meiner Zauberbücher ich mir das Rezept notiert habe ...»

Peregrin Purpur ging in die Kammer mit den vergitterten Fenstern und suchte dort nach den Zutaten, die er für seinen Trunk gegen die Vergesslichkeit brauchte.

Erleichtert stellte er fest, dass er die Zutaten *nicht* vergessen hatte! Er vermengte alles, übergoss es mit heilkräftigem Kräuterschnaps – und nahm einen tiefen Schluck.

Wohlige Wärme durchströmte seinen Körper und ließ seine Fingerspitzen kribbeln.

Dem Hofmagier fielen die Kribbel-Krabbel-Käfer ein, die er sich auf Bitten der Königin ausgedacht hatte, damit Prinzessin Pumpernickel ihr Bett verließ und zum Festessen in den Spiegelsaal ging.

Mit einem Mal musste der Hofmagier lachen, was nicht oft geschah, denn im Allgemeinen war er ein sehr ernster Mensch – wie man es von einem königlichen Hofmagier erwartete.

Aber hier, in seinem weltabgeschiedenen Turm, konnte Peregrin Purpur hin und wieder auch die leichteren Seiten seiner Persönlichkeit entfalten! Und so nahm er noch einen – und dann noch einen – tiefen Schluck vom Trunk gegen die Vergesslichkeit.

Als der Hofmagier das Gefühl hatte, wieder ganz der Alte zu sein, füllte er den Trunk in eine Flasche. In Zukunft würde er täglich davon trinken!, nahm er sich vor. Peregrin Purpur erinnerte sich nun auch, dass ihn die Königin angefleht hatte, herauszufinden, wo sich Prinzessin Pumpernickel aufhielt. Er wusste natürlich nicht, ob ihm das gelingen würde – die Magie ist launenhaft und unberechenbar –, aber er wollte alles in seiner Macht Stehende tun, um zu ergründen, wo die Prinzessin war!

Aus einer Glasvitrine holte der Hofmagier seine Kristallkugel, die ihm schon manchen wertvollen Dienst erwiesen hatte. Er wickelte sie aus ihrer nachtblauen Samtumhüllung und legte sie vor sich auf den Tisch.

Dann setzte sich Peregrin Purpur, schloss die Augen und lenkte seine Gedanken auf die verschwundene Prinzessin.

Halblaut sprach er die magischen Formeln, mit denen er Prinzessin Pumpernickel in seiner Kristallkugel erscheinen lassen wollte. Die Formeln waren lang und monoton ... mehr ein Singen als ein Sprechen.

Endlich, nachdem der Hofmagier die letzte Formel gesprochen hatte, passierte etwas ganz und gar Unerwartetes: Sein Kopf fiel vornüber, und er war eingeschlafen!

Als der Hofmagier wieder zu sich kam und blinzelnd die Augen öffnete, zuckte er wie vom Blitz getroffen zusammen: Nicht *in* der Kristallkugel sah er Prinzessin Pumpernickel – nein, sie stand hinter der Kugel, und zwar in voller Lebensgröße!

Peregrin Purpur war zutiefst beeindruckt.

Jemanden durch magische Gedankenkraft von einem Ort zum anderen zu transportieren – eine solche Meisterleistung hatte er noch nie vollbracht!

Schnell nahm der Hofmagier noch einen Schluck
vom Trunk gegen die Vergesslichkeit, um seine Ner-
ven zu beruhigen.

Da hörte er die Stimme der Prinzessin, laut und
klar.

«Hofmagier Peregrin Purpur!», sagte Prinzessin
Pumpernickel. «Sie müssen mir einen neuen Namen
geben! Und danach müssen Sie die Erinnerung an
meinen alten Namen für immer aus den Köpfen der
Pattaloonier herauszaubern! Das ist ein Befehl!»

14
Hundert oder noch mehr neue Namen

Sobald der Hofmagier seine Fassung zurückgewonnen hatte, fragte er: «Sie sind hierher ... geflogen, Eure Majestät?»

«Geflogen?» Prinzessin Pumpernickel kräuselte spöttisch die Lippen. «Wenn ich fliegen könnte, wäre ich in die Welt hinausgeflogen – dahin, wo keiner meinen Namen kennt!»

Peregrin Purpur räusperte sich. «Aber wie sind Sie dann hierhergekommen, Eure Majestät?»

«Ganz einfach: Die Eingangstür zum Turm ist aufgesprungen, und da bin ich die Wendeltreppe hochgestiegen», antwortete die Prinzessin.

Kaum hatte sie das gesagt, dachte sie, dass es nicht ihrer Rolle als Prinzessin entsprach, gehorsam die Fragen des Hofmagiers zu beantworten.

Also richtete sie sich kerzengerade auf und fuhr den Hofmagier an: «Wenn Sie jemandem sagen, dass ich hier bin, wird etwas Furchtbares passieren! Haben Sie verstanden: etwas Furchtbares!»

«Jawohl, Eure Majestät. Ich werde es niemandem sagen», versicherte Peregrin Purpur.

«Und was ist mit meinen Eltern?», fragte Prinzessin Pumpernickel.

«Was soll mit Ihren Eltern sein, Eure Majestät?»

«Werden Sie meinen Eltern sagen, dass ich hier bin?»

Der Hofmagier zögerte. Königin Pia würde sicherlich bald zu ihm in den Schlossturm kommen und nach der Prinzessin fragen. Ob er ihr dann verschweigen durfte, wo ihre jüngste Tochter war?

«Ihre Mutter ist Ihre Mutter, Eure Majestät», sagte der Hofmagier. Eine bessere Antwort war ihm auf die Schnelle nicht eingefallen.

«Haha!», machte die Prinzessin, ohne zu lachen. «Und mein Vater ist mein Vater, habe ich recht?»

«Allerdings, Eure Majestät», sagte der Hofmagier.

«Aber gerade deswegen bin ich so wütend auf die beiden!», rief Prinzessin Pumpernickel. «Meine Eltern sind es gewesen, die mir diesen scheußlichen Namen gegeben haben!»

Der Hofmagier wollte erwidern, dass es in Pattaloonia ausschließlich der König war, der die Namen seiner Kinder bestimmte. Doch plötzlich schoss ihm ein ganz anderer Gedanke durch den Kopf – ein kühner, wundervoller Gedanke, der vielleicht alle Probleme lösen würde!

«Gestatten, Eure Majestät», begann er. «Aber ich habe möglicherweise eine Idee, wie ich Ihnen behilflich sein könnte …»

«Wusste ich's doch!», rief Prinzessin Pumpernickel. «Sie *werden* einen neuen Namen für mich finden! Und Sie *werden* die Erinnerung an meinen alten Namen für immer aus den Köpfen der Pattaloonier herauszaubern!»

In ihrer Selbstverliebtheit merkte die Prinzessin gar nicht, dass ihr der Hofmagier einen anderen – seinen eigenen – Vorschlag hatte unterbreiten wollen. Ja, die Prinzessin gab dem Hofmagier nicht einmal die Gelegenheit, seine Idee vorzutragen!

Ausgelassen stieß sie die Kristallkugel an. Die Kugel rollte über die Tischplatte und landete auf dem Holzfußboden. Dem Hofmagier blieb vor Schreck beinahe das Herz stehen. Aber die Kugel bestand aus pattaloonischem Bergkristall und zerbrach nicht.

Schnell hob der Hofmagier die Kristallkugel auf und wickelte sie in ihre nachtblaue Samtumhüllung.

«Fangen Sie endlich an!», rief die Prinzessin.

«Womit, Eure Majestät?», fragte Peregrin Purpur.

«Sie wollten mir Namen vorschlagen! Neue, schöne, außergewöhnliche Namen will ich hören! Je mehr, desto besser.»

Die Prinzessin strich ihr weißes Ballkleid glatt, das inzwischen arg zerknittert und fleckig war.

«Und danach sollen Sie die Erinnerung an meinen alten Namen für immer und ewig aus den Köpfen der Pattaloonier herauszaubern!»

«Hm, ja», murmelte der Hofmagier.

«Es heißt: Eure Majestät», erinnerte ihn die Prinzessin.

«Entschuldigen Sie vielmals, Eure Majestät», sagte Peregrin Purpur.

Prinzessin Pumpernickel nickte gnädig.

«Fangen Sie an!», verlangte sie.

«Sehr wohl, Eure Majestät!»

Und so begann der Hofmagier, Prinzessin Pumpernickel weibliche Vornamen vorzuschlagen, die natürlich alle mit P beginnen mussten: Penelope, Palisande, Pamina, Pallas, Panthea, Padma, Padmina, Pauletta, Pamplona, Persephone, Pelagia, Pagosa, Pepita, Polidora, Paloma, Pieta, Pilar, Peralta, Pernilla, Persita, Paduli, Patrice, Passionata, Presencia, Priscilla … und so weiter und so fort …

Die Prinzessin ließ jeden Namen auf sich wirken. Abwechselnd legte sie den Kopf schief, verdrehte die Augen, zupfte an ihren Ohrläppchen oder berührte nachdenklich ihre Nasenspitze.

Aber sobald der Hofmagier glaubte, den richtigen Namen gefunden zu haben, sagte sie entschieden: «Nein!»

Nachdem ihr Peregrin Purpur hundert oder noch mehr Namen präsentiert hatte, verkündete die Prinzessin: «Jetzt mag ich nicht mehr!» Sie gähnte und machte sich noch nicht einmal die Mühe, ihre Hand vor den Mund zu halten.

«Hat Sie denn kein Name überzeugen können, Eure Majestät?», fragte der Hofmagier.

«Nein», sagte Prinzessin Pumpernickel und gähnte noch einmal. «Haben Sie ein Schlafgemach für mich?»

Es war eigentlich eine überflüssige Frage, denn sie hatte kein solches Gemach in dem alten Schlossturm gesehen.

Der Hofmagier senkte beschämt den Kopf.

«Ich fürchte, ich kann Ihnen nichts dergleichen anbieten, Eure Majestät», sagte er. «Ich selbst schlafe nur wenig; und wenn, ruhe ich mich für ein Stündchen oder auch zwei in meinem Labor aus. Aber vielleicht wollen Sie mit dem Sofa in meiner Lesestube vorliebnehmen, Eure Majestät …?» Er machte eine Verbeugung.

«Sprechen Sie von der Kammer mit den Bücherschränken?», fragte Prinzessin Pumpernickel.

«Ja, Eure Majestät. Und Sie können auch gern wieder die Tür schließen, damit Sie nicht in Ihrem prinzesslichen Schlaf gestört werden. Außerdem wären Sie dann vor der Entdeckung durch Ihre Mutter sicher, Eure Majestät.»

Prinzessin Pumpernickel zuckte zusammen. «Wie kommen Sie auf meine Mutter?»

«Ich erwarte in Kürze Ihre werte Mutter, Eure Majestät.» Der Hofmagier setzte eine zerknirschte Miene auf, um der Prinzessin zu zeigen, dass er auf ihrer Seite war.

«In dem Fall lasse ich die Tür offen!», rief Prinzessin Pumpernickel.

«Aber dann würde Ihre Mutter Sie sehen, Eure Majestät», wandte der Hofmagier ein.

Die Prinzessin überlegte.

«Also gut», sagte sie. «Ich *werde* die Tür zumachen! Aber Sie müssen mir Ihr Hofmagier-Ehrenwort geben, dass Sie meiner Mutter unter keinen Umständen sagen, dass ich hier bin!» Dabei blickte sie den Hofmagier drohend an.

«Selbstverständlich, Eure Majestät», versicherte er.

«Selbstverständlich was?», fragte die Prinzessin.

«Ich werde selbstverständlich Ihren Wunsch respektieren und Ihrer Mutter nichts sagen, Eure Majestät.»

«Es ist kein Wunsch, sondern ein Befehl!», erklärte Prinzessin Pumpernickel.

«Sehr wohl, Eure Majestät», sagte der Hofmagier.

Prinzessin Pumpernickel ging in die Kammer mit den Bücherschränken und legte sich dort auf das Sofa.

Peregrin Purpur wartete im Flur, bis die Atemzüge der Prinzessin tief und gleichmäßig geworden waren. Dann trat er ein und deckte sie mit einer Wolldecke zu.

Auf Zehenspitzen verließ er die Kammer wieder und machte die Tür hinter sich zu.

Ja, er drückte sogar noch einmal vorsichtig von außen gegen die Tür, um sich zu vergewissern, dass sie auch wirklich geschlossen war!

15
Kummer und Schmerz

als es zu dämmern begann, rief König Peter den Hausmarschall, Pino Patrone, zu sich und sagte: «Ich habe es mir überlegt: Wir werden eine Belohnung aussetzen. Schreiben Sie!»

«Zu Befehl, Eure Majestät», sagte Pino Patrone und zog ein schmales, in Leder gebundenes Buch und einen Füllfederhalter aus der Tasche seiner Uniform.

«Ich, König Peter», begann der König, «setze hiermit einhunderttausend Pattaloonische Pesos als Belohnung für diejenige Person aus, die meine geliebte Tochter, Prinzessin Pum-» Hier zögerte der König.

Sollte er den Namen, der so viel Leid über die königliche Familie gebracht hatte, wirklich benutzen? Aber es war der einzige Name, unter dem die jüngste Prinzessin bei der pattaloonischen Bevölkerung bekannt war …

Der König seufzte und fuhr fort: «– die meine geliebte Tochter, Prinzessin Pumpernickel, findet und zu mir zurückbringt.»

Er zupfte an seinem Bart, der fast so zerzaust wie seine schwarzen Haare war. Aber König Peter hatte jetzt wahrlich andere Sorgen, als sich um sein königliches Aussehen zu kümmern!

«Ich habe alles notiert», sagte Pino Patrone und verbeugte sich. «Wenn ich mir allerdings eine Bemerkung erlauben dürfte, Eure Majestät –»

Der Hausmarschall schwieg, damit der König die nötige Zeit hatte, ihm die Erlaubnis zu erteilen.

«Sprechen Sie!», sagte König Peter.

«Vielleicht sollten Sie die Belohnung ein wenig … nun …» Pino Patrone räusperte sich. Es war immer heikel, dem König etwas vorzuschlagen. Umso heikler war es in einer Krisensituation wie dieser!

«Nun was?», schnaubte der König.

«Ich dachte, einhundert*fünfzig*tausend Pattaloonische Pesos würden vielleicht einen noch größeren Anreiz darstellen, Eure Majestät», bemerkte Pino Patrone.

Zu seiner Erleichterung bekam der König keinen Wutanfall.

Überraschend friedfertig sagte er: «Ich werde eine Belohnung von einer *Million* Pattaloonischen Pesos aussetzen! Und die Person, die Prinzessin Pumpernickel findet und zurückbringt, erhält obendrein meinen Sommerpalast in den pattaloonischen Bergen!»

In diesem Augenblick erschien Königin Pia, die ein langes Gespräch mit Ponderosa, Perdita und Pamelina geführt hatte. Am Ende ihres Gespräch waren die Königin und ihre drei älteren Töchter zu der Einsicht gelangt, dass es niemandem nützte, wenn sie alles nur schwarz in schwarz sahen.

«Nein, wir wollen an einen guten Ausgang glauben!», hatte Königin Pia erklärt.

Ponderosa, Perdita und Pamelina, die von Natur aus fröhlich und lebenslustig waren, hatten dankbar genickt.

Ja, und nun wollte die Königin auch ihren Gemahl, den König, auf diesen zuversichtlichen Kurs einstimmen.

Doch dazu kam es nicht, denn der König empfing sie mit den Worten: «Ich habe gerade den Hausmarschall beauftragt, eine Belohnung von einer Million Pattaloonischen Pesos für die Person auszusetzen, die unsere Tochter findet und zurückbringt.»

«Oh –», machte Königin Pia.

Sie ließ die Mitteilung des Königs auf sich wirken. Dann sagte sie: «Ich weiß nicht, ob wir so vorschnell reagieren sollten ...»

«Vorschnell?», schnaubte der König. «Was meinst du mit vorschnell? Unsere jüngste Tochter ist seit Stunden verschwunden!»

«Sicher», sagte die Königin. «Aber sollten wir nicht wenigstens bis morgen warten, bevor wir die Bevölkerung informieren? Außerdem legt die hohe Belohnung den Verdacht nahe, dass wir glauben, unserer Tochter sei etwas zugestoßen.»

König Peter warf seinem Hausmarschall einen fragenden Blick zu. «Was meinen Sie, Pino Patrone?»

Der Hausmarschall räusperte sich. Zwischen dem König und der Königin zu stehen war keine angenehme Position. Wenn er jetzt einen Fehler beging, konnte ihn das seine Stellung kosten!

«Meines Erachtens hat die Königin nicht unrecht, Eure Majestät», begann Pino Patrone etwas umständlich. «Unser gesamtes Personal und die Schlossgarde sind auf der Suche nach der Prinzessin. Da bedarf es eigentlich keiner Belohnung – zumindest im Moment nicht», fügte er hinzu. «Eine öffentlich ausgesetzte Belohnung könnte der Angelegenheit sogar mehr schaden als nützen, Eure Majestät.»

«Wie soll ich das verstehen?», rief der König.

Der Hausmarschall hüstelte. «Wenn wir eine Belohnung aussetzen, wird jeder in Pattaloonia versuchen, sich das Geld zu verdienen. Damit lenken wir aber zusätzliche Aufmerksamkeit auf die Sache mit dem ...» Fast hätte er *Pumpernickel* gesagt. Doch Pino Patrone konnte sich gerade noch rechtzeitig bremsen. «– mit dem *schwarzen Brot*. Und das wäre gewiss nicht im Interesse Ihrer jüngsten Tochter, Eure Majestät.»

«Das sehe ich ebenso», pflichtete Königin Pia ihm bei.

Der König war für ein paar Minuten still – unheimlich still.

In ihm arbeitete es, das spürten sowohl die Königin als auch der Hausmarschall, der sich schon auf einen der gefürchteten Tobsuchtsanfälle des Königs gefasst machte.

Doch auf einmal war es, als würde König Peter in sich zusammenfallen. Er beugte den Rücken, sein Kopf sank ihm auf die Brust, und seine Schultern begannen zu zucken.

«Aber die Belohnung sollte doch nur ... Es war ja nur, weil ich die Prinzessin ...» Dem König versagte die Stimme, und er wurde von einem Weinkrampf geschüttelt wie jemand, der seine Tränen zu lange zurückgehalten hat.

«Ich weiß, mein Lieber», sprach die Königin beruhigend auf ihn ein. «Du hast dich völlig richtig verhalten. Nicht nur als König, auch als Vater.»

Was die Königin sonst noch sagte, ging im Weinen des Königs unter.

Es war, als sei ein Damm gebrochen, hinter dem sich sein Kummer und sein Schmerz aufgestaut hatten.

Königin Pia nickte dem Hausmarschall zu. Pino Patrone nahm König Peter beim Arm und geleitete ihn hinüber ins königliche Schlafgemach.

Sobald der König im Schlafgemach verschwunden war, legte Königin Pia ihren königlichen Mantel um und machte sich auf den Weg in den alten Schlossturm, zum Hofmagier Peregrin Purpur.

16
Die Königin beim Hofmagier

Als Königin Pia die Eingangstür zum alten Schlossturm erreichte, öffnete sich diese wie durch Geisterhand.

Aber gleich darauf sah die Königin den Hofmagier. Er hatte hinter der Tür gewartet, weil er verhindern wollte, dass die Königin den Türklopfer betätigte und damit die schlafende Prinzessin weckte.

«Sie sind gar nicht in Ihrem Labor, Peregrin Purpur?», fragte die Königin, nachdem sie eingetreten war und dem Hofmagier im Dämmerlicht gegenüberstand. «Heißt das, Sie haben nichts über den Aufenthaltort meiner Tochter herausgefunden?»

«Im Gegenteil, Eure Majestät», antwortete der Hofmagier.

Er wusste nicht recht, wie er beginnen sollte, und deshalb machte er erst einmal eine tiefe Verbeugung.

«Ja, und?», rief die Königin. «Sprechen Sie!»

Der Hofmagier verbeugte sich noch einmal – und blieb stumm. Nur seine Lippen zuckten, während er nach den richtigen Worten suchte.

Die Königin schüttelte befremdet den Kopf.

In einer solchen Verfassung hatte sie den Hofmagier noch nie erlebt! Auf einmal kam ihr ein schrecklicher Verdacht: Konnte es sein, dass der Hofmagier sie hier am Fuß der Treppe erwartet hatte und sich so eigenartig benahm, weil er schlechte Nachrichten für sie hatte?

«Nun sprechen Sie doch endlich!», fuhr sie ihn an. «Sagen Sie mir, wo meine Tochter ist!»

«Das ist es ja gerade, Eure Majestät», erwiderte Peregrin Purpur. «Ich darf Ihnen nicht *sagen*, wo Ihre Tochter ist, weil ich mein Ehrenwort gegeben habe, es nicht zu tun. Aber ich kann sie Ihnen zeigen, Eure Majestät.»

«Sie können was?», fragte die Königin.

«Ich kann Ihnen die jüngste Prinzessin zeigen, Eure Majestät», sagte der Hofmagier.

«Dann tun Sie es! Zeigen Sie mir meine Tochter!», rief die Königin und stampfte nun ihrerseits mit dem Fuß auf.

Der Hofmagier zuckte erschrocken zusammen.

«Wenn ich Sie um eins bitten dürfte, Eure Majestät ...», sagte er und verbeugte sich ein drittes Mal. «Wenn ich Sie um ein wirklich großes Entgegenkommen bitten dürfte ...»

«Und das wäre?» Die Sorge und Aufregung der vergangenen Stunden hatten ihr schon genügend zugesetzt!, dachte Königin Pia. Da musste ihr der Hofmagier mit all seiner Geheimniskrämerei nicht auch noch den letzten Nerv rauben!

«Ich möchte Sie bitten, ganz, ganz leise zu sein – selbstverständlich nur, wenn es Ihnen nicht allzu viele Unannehmlichkeiten bereitet, Eure Majestät», sagte Peregrin Purpur. «Andernfalls könnte etwas Schlimmes geschehen, fürchte ich.»

Königin Pia spürte Ärger in sich aufsteigen. Aber nein!, sagte sie sich. Eine Königin verlor nicht die Haltung!

«Ich werde keinen Laut von mir geben», erklärte sie hoheitsvoll.

Der Hofmagier verbeugte sich ein weiteres Mal.

«Meinen verbindlichsten Dank», sagte er und betrat die Wendeltreppe. «Wenn Sie jetzt die Freundlichkeit besäßen, sich mir anzuschließen, Eure Majestät ...»

Oben angekommen, öffnete Peregrin Purpur leise die Tür seiner Lesestube. In dem Lichtschein, der vom Flur hereinfiel, sah er, dass Prinzessin Pumpernickel noch immer fest schlief.

Er drehte sich zur Königin um und legte beschwörend einen Zeigefinger auf die Lippen.

Die Königin spähte an dem Hofmagier vorbei. Ihr Blick wanderte zu dem Sofa, auf dem sie unter einer Wolldecke die Umrisse einer kleinen, zierlichen Person erkannte. Ja, und plötzlich bemerkte sie den kostbaren Reif, der auf den Boden gefallen war und dessen Edelsteine im Lichtschein blitzten und funkelten!

Königin Pia presste die Hand auf den Mund – gerade noch rechtzeitig, um keinen Freudenschrei auszustoßen!

Mit Tränen in den Augen sah sie den Hofmagier an. Peregrin Purpur lächelte und nickte.

Vorsichtig machte er die Tür wieder zu. Dann horchte er.

Doch in seiner Lesestube blieb alles ruhig.

Im Labor überhäufte Königin Pia den Hofmagier mit Fragen.

Viel wusste er allerdings nicht zu berichten. Zum Glück war ja auch nicht viel passiert ... noch nicht.

Aber nachdem der Hofmagier von der Drohung der Prinzessin erzählt hatte, es werde etwas Furchtbares passieren, wenn er ihren Eltern sage, wo sie sei, rief die Königin: «Sie sind mein bester Vertrauter, Peregrin Purpur! Raten Sie mir, was wir tun sollen!»

Auf diese Reaktion der Königin hatte der Hofmagier gehofft!

«Ich glaube, ich habe eine Idee, Eure Majestät», sagte er.

Und nun erzählte er der Königin von der Idee, die ihm bei seinem Gespräch mit Prinzessin Pumpernickel gekommen war.

Königin Pia hörte sich die Idee des Hofmagiers

sehr aufmerksam an. Sie legte ihre schöne Stirn in Falten, sie strich über ihr dichtes rotbraunes Haar, sie nickte, sie schmunzelte – und als der Hofmagier geendet hatte, drückte sie ihm beide Hände.

«Ihre Idee gefällt mir, Peregrin Purpur!», sagte Königin Pia. «Natürlich hängt alles vom König ab, wie Sie wissen. Aber ich werde meinem Gatten Ihre Idee unverzüglich unterbreiten!»

Auf einmal hatte es die Königin sehr eilig, in die königlichen Schlafgemächer zu kommen.

An der Tür zur Lesestube zögerte sie noch einen Moment, dann lief sie die Wendeltreppe hinunter.

Der Hofmagier seufzte erleichtert, bevor er sich einen extratiefen Schluck vom Trunk gegen die Vergesslichkeit gönnte.

17
Ein königlicher Elefant
im Porzellanladen

Der König schlief, und ein glückliches Lächeln lag auf seinen Lippen.

Denn er träumte, dass er mit seiner königlichen Familie in den pattaloonischen Bergen war. Die Sonne schien, Blumen blühten, Vögel sangen. Und nun kam seine jüngste Tochter durch das hohe Gras gelaufen, mit ihrem goldenen Ball in der Hand, und rief: «Fängst du, Papa?»

«Ja, mein Liebling!», antwortete der König.

Sein «Ja, mein Liebling!» hörte auch die Königin, die neben dem königlichen Bett stand und überlegte, wie sie ihren Gemahl am schonendsten wecken konnte.

Angesichts seines glücklichen Lächelns tat es ihr ein wenig leid, den König aus seinen Träumen zu reißen. Aber wenn er erst einmal wusste, was sie mit dem Hofmagier besprochen hatte, würde er noch viel glücklicher sein!, dachte die Königin.

Sie berührte seine rechte Hand, die unter den Daunendecken hervorguckte und weiß und zart wie eine Kinderhand war. Aber König Peter hatte noch nie mit den Händen gearbeitet. Obendrein rieb ihn der Oberbademeister jeden Morgen nach seinem königlichen Bad mit edlen Salben und Ölen ein, vom königlichen Kopf bis zu den königlichen Füßen.

«Wer wagt es, mich zu stören?», schimpfte der König und fuhr in die Höhe.

Als er seine Gemahlin erkannte, ließ er sich wieder in seine Kissen sinken.

«Warum musstest du mich in die traurige Wirklichkeit zurückholen?», jammerte er.

«Die Wirklichkeit ist gar nicht so traurig, wie du glaubst», entgegnete die Königin.

«Was willst du damit sagen?»

«Ich will damit sagen, dass ich sehr gute Nachrichten habe!»

Plötzlich war der König hellwach. «Die Schlosswachen haben Prinzessin Pumpernickel gefunden?», rief er.

«Nein», sagte die Königin. «Aber unsere jüngste Tochter ist an einem sicheren Ort und –»

«Was soll dieser Unsinn von wegen: an einem sicheren Ort?», fiel der König ihr ins Wort. «Wo ist die Prinzessin?»

Königin Pia kannte den König lange genug, um zu wissen, dass es manchmal besser war, ihm *nicht* alles zu erzählen. Ja, falls sie dem König sagte, wo die Prinzessin war, würde er anordnen, Prinzessin Pumpernickel sofort aus dem Schlossturm herauszuholen.

Auf diese Weise könnte er aber eine Menge Porzellan zerschlagen – wie ein königlicher Elefant im Porzellanladen!, fürchtete die Königin. Und dann würde aus der famosen Idee, die der Hofmagier gehabt hatte, vielleicht gar nichts werden!

Also sagte die Königin: «Es geht der Prinzessin gut, sie ist gesund und wohlbehalten. Dies zu wissen muss dir im Augenblick genügen.»

«Soll das etwa heißen, du hast Geheimnisse vor mir?», brauste König Peter auf.

«Ja!», sagte die Königin rundheraus und ohne sich dafür zu entschuldigen, dass sie Geheimnisse vor ihrem Gemahl hatte.

Dem König verschlug es die Sprache.

Diese Ruhe vor dem Sturm nutzte Königin Pia, um hinzuzufügen: «Aber wenn ich Geheimnisse vor dir habe, geschieht es nur zum Wohl von Pattaloonia und zum Wohl seines Königs!»

Nach dieser Erklärung seiner Gemahlin war König Peter erst recht sprachlos.

«Darüber hinaus erwarte ich, dass du mir vertraust», fuhr Königin Pia fort.

Dann lächelte sie. «Alles wird gut werden, glaub mir.»

Der König schnaufte empört und betätigte den Klingelzug.

«Was willst du tun?», fragte die Königin.

«Mich ankleiden lassen», sagte er.

«Und danach?», fragte Königin Pia.

Sie erhielt keine Antwort, denn nun betrat Positano Pestalozzi, der Oberkammerherr, das königliche Schlafgemach.

«Eure Majestät ...», sagte Positano Pestalozzi und verbeugte sich.

«Ankleiden!», verlangte der König.

Im Allgemeinen sprach er nicht so barsch mit seinem Oberkammerherrn. Aber das ungewöhnliche Verhalten der Königin hatte ihn aus dem Gleichgewicht gebracht.

Als er angekleidet war, befahl der König: «Holen Sie den Hausmarschall herein!»

«Jawohl, Eure Majestät.» Unter weiteren Verbeugungen verließ Positano Pestalozzi das Schlafgemach.

«Möchtest du nicht zuallererst mit *mir* sprechen?», fragte Königin Pia, als sie wieder mit dem König allein war.

«Heißt das, du willst mich, den ahnungslosen, unwissenden König, jetzt doch in deine Geheimnisse einweihen?», sagte König Peter mit unüberhörbarem Spott, aber auch mit Ärger in der Stimme.

Die Königin presste die Lippen aufeinander.

Offenbar suchte König Peter Streit – wie er es immer tat, wenn er Dampf ablassen wollte. In dieser Hinsicht war er wie Prinzessin Pumpernickel!

Es wäre nun naheliegend gewesen, es dem König in gleicher Münze heimzuzahlen. Aber Königin Pia bezwang ihren Unmut.

«Hör dir doch erst einmal an, was ich zu sagen habe», erwiderte sie.

Und damit hatte sie dem König – zumindest bis auf Weiteres – den Wind aus den Segeln genommen.

«Nun gut», brummte König Peter. «Ich höre.»

In diesem Augenblick klopfte es, und nach einem knappen «Herein!» des Königs steckte Pino Patrone seinen Kopf ins Zimmer.

«Gehen Sie!», schnaubte der König.

«Sehr wohl, Eure Majestät», sagte der Hausmarschall und machte die Tür wieder zu.

«Danke», sagte die Königin zu ihrem Gemahl.

«Wofür?», fragte der König.

«Dafür, dass du zuerst *mich* anhören willst», antwortete die Königin.

«Wen sonst?», fragte der König würdevoll.

Aber innerlich war er gerührt – am meisten darüber, was für ein vorbildhafter, verständnisvoller Ehegatte er doch war!

Und so gingen der König und die Königin in das benachbarte Gemach, wo stets ein Feuer im Kamin brannte und warme und kalte Getränke bereitstanden.

Die Königin schenkte Tee in vergoldete Porzellantassen. Unter normalen Umständen hätte das der Oberkammerherr getan, aber der König hatte Positano Pestalozzi mit einer Handbewegung hinausgewinkt.

Ja, und nun saßen sich der König und die Königin vor dem Kaminfeuer gegenüber.

«Also: Ich höre!», sagte der König.

«Erinnerst du dich an den 19. Juni, den Tag nach der Geburt unserer jüngsten Tochter?», begann die Königin – sehr vorsichtig, denn auch sie wollte kein Porzellan zerschlagen.

«Allerdings! Das ist der Tag, den ich mehr als jeden anderen vergessen möchte!», erwiderte der König.

«Ich will dich nicht an diesen Tag erinnern, um dir

Kummer zu bereiten», versicherte die Königin. «Ich spreche diesen Tag nur an, weil ich erst jetzt verstanden habe, was damals wirklich geschehen ist.»

Besorgt sah sie ihren Gemahl an. Doch der König war verhältnismäßig ruhig und gefasst, wenngleich seine Augen blitzten.

«Was damals geschehen ist, haben wir alle nicht verstanden», fuhr die Königin fort. «Aber die Wahrheit ist: Du hast unserer Tochter am 19. Juni überhaupt keinen Namen gegeben!»

«Wie soll ich das verstehen?», fragte der König.

«Damals hast du das schwarze Brot auf dem königlichen Buffet entdeckt», sagte die Königin. «Du hast dir eine Scheibe von dem Brot reichen lassen, hast sie mit deiner königlichen Nase geprüft – und dann hast du gesagt: Es heißt Pumpernickel.»

«Das stimmt!»

«Aber die Würdenträger und die Ehrengäste und ich auch –» Die Königin räusperte sich. «Wir alle haben geglaubt, Pumpernickel sei der Name, den du für die jüngste Prinzessin ausgewählt hättest! Wir haben gejubelt und gerufen: Hoch lebe Prinzessin Pumpernickel.»

«Ja, das habt ihr!»

«Du siehst also, mein Lieber: Es war unsere Schuld – und nicht deine», sagte die Königin.

König Peter schüttelte ziemlich überwältigt den Kopf. Dann stieß er ein kurzes, raues Lachen aus.

«Aber das ist ja großartig!», rief er. «Das ist phantastisch, das ist …»

Ihm gingen die Worte aus. Doch auf Worte kam es jetzt nicht an! Der König strahlte über das ganze runde Gesicht. Ihm liefen sogar ein paar Freudentränen über die Wangen, die er sich verlegen abwischte. Aber er war eben nicht nur der König, er war auch ein Mann – und ein Vater!

Nachdem sich der König ein paar Minuten lang den Bart glatt gestrichen hatte, um seine Fassung wiederzugewinnen, sagte er: «Weißt du auch, was das bedeutet, Pia? Ich kann unserer jüngsten Tochter noch einen richtigen, prinzesslichen Namen geben!»

«So ist es!», bestätigte die Königin – sehr zufrieden, dass ihr Gemahl ganz allein darauf gekommen war.

Es war dieselbe Idee, die der Hofmagier Peregrin Purpur gehabt hatte.

Aber das würde die Königin ihrem Gemahl nicht verraten!

«Morgen Mittag um zwölf werde ich im Thronsaal bekanntgeben, wie die jüngste Prinzessin heißen soll!», verkündete der König.

Er lief zur Tür und riss sie auf – was eigentlich

nicht mit seiner königlichen Würde zu vereinbaren war – und kommandierte: «Den Hausmarschall! Den Hofmarschall! Den Zeremonienmeister! Mein gesamtes Kabinett soll sich in einer Stunde im Spiegelsaal zu einer Sondersitzung einfinden!»

«Sehr wohl, Eure Majestät», antwortete der Oberkammerherr, der im Flur gewartet hatte.

Dann stürmte der König davon, ohne sich von der Königin zu verabschieden.

Aber auch die Königin hatte etwas sehr Wichtiges zu erledigen: Sie musste mit ihrer jüngsten Tochter sprechen!

18
Königin Pia hat einen Plan

Aus der Schlossküche ließ sich Königin Pia ein Tablett bringen, auf dem die Lieblingsspeisen ihrer jüngsten Tochter angerichtet waren – zusammen mit einem Grünen Hering, den die Prinzessin ganz bestimmt nicht essen würde.

Dann trug die Königin das große, schwere Tablett in den alten Teil des Schlosses.

Vor der Eingangstür zum Schlossturm stellte sie das Tablett auf den Boden. Sie ergriff den großen Ring und schlug auf den eisernen Knopf – einmal, zweimal, dreimal. Der Lärm, den die Königin machte, sollte möglichst groß sein, denn sie *wollte* ihre Tochter wecken!

Es dauerte auch nicht lange, bis die Tür geöffnet wurde und sie in das Gesicht des Hofmagiers blickte.

«Eure Majestät ...», sagte Peregrin Purpur überrascht.

Die Königin bedeutete ihm, das Tablett aufzuheben, was er sogleich tat. Nun betrat sie den Schlossturm und stieg die Wendeltreppe hoch.

Wie Königin Pia vorausgesehen hatte, war ihre
jüngste Tochter am oberen Absatz der Wendeltreppe
erschienen.

Als sie ihre Mutter erkannte, verschränkte die
Prinzessin ihre Arme vor der Brust und warf beiden,
der Königin und dem Hofmagier, finstere Blicke zu.

Sie glaubte natürlich, Peregrin Purpur habe ihrer Mutter gesagt, wo sie sich versteckt hielt!

Königin Pia musste sich ein Lächeln verkneifen. Ihren kostbaren Reif hatte die Prinzessin schief ins Haar gesetzt, die goldenen Locken hingen ihr ins Gesicht, und das ehemals schneeweiße Ballkleid war alles andere als schneeweiß. Außerdem hatte sie ihre Stiefelchen nicht ordentlich zugeschnürt.

Die Prinzessin sagte kein Wort, weder zu ihrer Mutter noch zum Hofmagier. Aber sie musterte das Tablett, auf dem sie all die Speisen sah, die sie schrecklich gern aß: Tortellini mit Käsesoße, Rösti mit Spiegelei, Kroketten, Pfannkuchen, Butterhörnchen, Zimtwaffeln, Vanillepudding mit frischen Himbeeren, Schokoladenkuchen …

Auf einmal merkte die Prinzessin, wie hungrig sie war! Hungrig und durstig! Aber auch an Getränke hatte die Königin – oder richtiger: der Oberküchenmeister mit seinen Unterköchen – gedacht: Es gab Kräutertee, frisch ausgepresste Säfte, Milch, Kakao …

Königin Pia nickte dem Hofmagier zu und sagte: «Sie wissen sicherlich am besten, in welchem Raum wir eine kleine Mahlzeit einnehmen können, Peregrin Purpur!»

«Äh – ja, Eure Majestät.»

Es war nun aber so, dass Peregrin Purpur gar kein Esszimmer hatte. Er hatte nicht einmal eine reguläre Küche. Das Essen war in seinen Augen nur eine Nebensache, ebenso wie das Schlafen. Viel mehr als Brot, Eier, Käse und Obst hatte er selten vorrätig, und es gab Tage, an denen er völlig vergaß, etwas zu sich zu nehmen.

«Ich finde es sehr umsichtig von Ihnen, der Prinzessin etwas Gutes, Nahrhaftes zu bringen, Eure Majestät,», sagte er.

«Das Essen ist für Sie, Peregrin Purpur», erwiderte die Königin. Mit einem Augenzwinkern fügte sie hinzu: «Ich wusste doch gar nicht, dass Sie Besuch haben. Und meine Tochter mag ganz gewiss keinen Grünen Hering!»

«Ach so, hm, hm, jaja», stotterte der Hofmagier. «Warum gehen wir nicht in mein Labor, Eure Majestät.»

«Mit Vergnügen», sagte die Königin.

In seinem Labor stellte Peregrin Purpur das Tablett in die Mitte des Tisches.

«Wenn Sie Platz nehmen möchten, Eure Majestät», sagte er.

Die Königin setzte sich auf einen der alten, wackligen Stühle. Aber Möbel waren für den Hofmagier noch unwichtiger als Essen oder Schlafen.

«Wenn Sie zugreifen möchten, Eure Majestät», sagte Peregrin Purpur mit einer Verbeugung – als ihm bewusst wurde, dass er kein Geschirr und keine Bestecke auf den Tisch gelegt hatte. Rasch holte er das Versäumte nach.

Königin Pia nahm sich eine Zimtwaffel.

Dann sagte sie zum Hofmagier: «Ich vermute, die Prinzessin hat längere Zeit nichts gegessen?»

«Das ist leider wahr, Eure Majestät», gab der Hofmagier zu.

Es war ihm überhaupt nicht eingefallen, dass die Prinzessin hungrig sein könnte. Deshalb hatte er ihr auch nichts angeboten.

Prinzessin Pumpernickel blieb auch jetzt stumm. Dafür gab ihr leerer Magen einen Kommentar ab: Er knurrte laut und vernehmlich. Der Duft ihrer Lieblingsspeisen war einfach zu verlockend!

Sie setzte sich.

«Lass es dir schmecken!», sagte Königin Pia.

Die Prinzessin verzog nur die Mundwinkel. Ihre Mutter sollte ruhig merken, wie wütend sie immer noch war!

Aber dann griff sie doch heißhungrig zu.

Peregrin Purpur konnte derweil dem Grünen Hering nicht widerstehen – trotz der vielen Gräten.

Und so schmausten sie in schöner Eintracht, die

Prinzessin und der Hofmagier. Doch die Eintracht der beiden währte nicht lange.

Nachdem Prinzessin Pumpernickel satt war, konnte sie ihren Ärger nicht länger zurückhalten.

«Ich hatte Ihnen *befohlen*, meinen Eltern auf keinen Fall zu sagen, wo ich bin!», hielt sie dem Hofmagier vor. «Und Sie hatten mir Ihr Hofmagier-Ehrenwort gegeben!»

«Das ist wahr, Eure Majestät.» Peregrin Purpur hatte eine schuldbewusste Miene aufgesetzt. «Aber ich dachte, es wäre meine Pflicht, der Königin –»

«Erstens hat der Hofmagier mir nicht gesagt, wo du bist», ergriff Königin Pia das Wort. «Der Hofmagier hat es mir nur gezeigt. Und zweitens hat er etwas ganz und gar Wunderbares für uns alle getan!»

«So, hat er das?» Prinzessin Pumpernickel stützte die Ellenbogen auf den Tisch und legte ihr Kinn in die Hände, was eine Prinzessin nie tun sollte.

Königin Pia zog es vor, das herausfordernde Benehmen ihrer Tochter zu ignorieren.

«Ja!», sagte sie. «Peregrin Purpur hat mich auf etwas aufmerksam gemacht, das uns allen entgangen ist – neun Jahre lang!»

«Und das wäre?», fragte die Prinzessin.

«Vor neun Jahren, am 19. Juni, hatte sich im Spiegelsaal unseres Schlosses eine große, festliche Gesellschaft versammelt, um zu erfahren, welchen Namen dein Vater, der König, für dich ausgewählt hatte», sagte die Königin. «Und wie du weißt, ist es allein die Aufgabe des Königs, die Namen der Königskinder zu bestimmen.»

«Nein, weiß ich nicht», sagte die Prinzessin.

«So steht es in unseren Gesetzbüchern, und so wird es von alters her gehandhabt», erklärte die Königin. «Deine Gouvernante, Peggy Primrose, hat bestimmt im Unterricht davon gesprochen!»

«Kann sein», sagte die Prinzessin. «Dann habe ich wahrscheinlich nicht hingehört.»

Sie musste es tatsächlich überhört haben, denn seit sie erfahren hatte, dass sie ihren Namen mit einem Brot teilte, hatte sie angenommen, ihr Vater *und* ihre Mutter seien dafür verantwortlich.

«Es war nun aber so …» Königin Pia schenkte sich noch ein Glas Apfelsaft ein. Apfelsaft sollte eine beruhigende Wirkung haben. «Bevor der König den Namen verkündete, den er für dich ausgewählt hatte, entdeckte er auf dem königlichen Buffet ein schwarzes Brot, das er früher einmal sehr gern gegessen hatte. Ihm war jedoch entfallen, wie man das Brot nannte. Er ließ sich eine Scheibe reichen, prüfte sie mit seiner Nase und rief –» Die Königin hätte beinahe ‹Es heißt Pumpernickel!› gesagt.

Sie räusperte sich.

Und fuhr ganz allgemein fort: «Dann rief der König den Namen des Brotes, der ihm plötzlich wieder eingefallen war. Und wir alle dachten, der König hätte *deinen* Namen verkündet. Wir klatschten und jubelten, und so kam es, dass der König die Namensgebung nicht mehr rückgängig machen konnte. In Wirklichkeit war es unsere Schuld. Wir haben den König in deinen Namen hineingejubelt!»

«Genau so war es, Eure Majestät», bestätigte der Hofmagier.

Die Prinzessin sagte nichts. Aber die Königin und der Hofmagier konnten sehen, wie es in ihr arbeitete. Sie ballte die Fäuste, sie bewegte die Lippen, ihre Nasenflügel bebten, sie atmete heftig.

Schließlich brach es aus ihr heraus: «Ich verstehe nicht, wieso ihr jetzt erst darauf gekommen seid!»

«Das verstehe ich, ehrlich gesagt, auch nicht», gestand die Königin.

«Ich hätte wirklich viel früher darauf kommen müssen, Eure Majestät», sagte der Hofmagier. «Und ich bitte Sie vielmals um Verzeihung, dass ich erst heute –»

«Jetzt ist nicht der Augenblick für Entschuldigungen», entgegnete die Königin. «Nein, wir wollen in die Zukunft blicken, denn morgen um zwölf wird der König im Thronsaal den Namen verkünden, den er für *dich* ausgewählt hat!», sagte sie zu ihrer Tochter

«Ich bekomme wirklich einen neuen Namen?», fragte die Prinzessin und wirkte dabei keineswegs so glücklich, wie die Königin erwartet hatte.

Aber die Prinzessin hatte sich natürlich vorgestellt, sie würde ihren neuen Namen selbst bestimmen!

«Und welchen Namen wollte mir Papa damals vor neun Jahren geben?», fragte sie.

Königin Pia lachte. «Das ist nach wie vor ein Staatsgeheimnis!»

Insgeheim war sie enttäuscht, weil ihre Tochter so wenig Begeisterung zeigte. Doch sie sagte sich, dass die Prinzessin nach den Aufregungen des Tages wahrscheinlich noch immer ziemlich durcheinander war.

«Gehen wir in deine Gemächer zurück?», schlug die Königin vor. «Dort kannst du dich erst einmal gründlich ausschlafen. Und morgen früh nimmst du ein prinzessliches Bad und lässt dich ankleiden und frisieren, damit du ebenso schön wie dein neuer Name bist!»

Die Prinzessin nickte.

Königin Pia bedankte sich noch einmal bei dem Hofmagier, und dann verließ sie mit ihrer jüngsten Tochter den Schlossturm.

19
Noch mehr Namen

In den Gemächern der Prinzessin wartete bereits Pristina, die bislang Perditas Kammerzofe gewesen war.

Aber Prinzessin Pumpernickel war es ganz einerlei, wer sie auskleidete und wer ihr in die seidenen Nachtgewänder half, wer ihr die Zähne putzte und ihre goldenen Locken bürstete, denn ihre Gedanken kreisten ausschließlich um den neuen Namen, den sie bekommen sollte.

Als Prinzessin Pumpernickel schließlich im Bett lag, kam die Königin, um ihrer Tochter eine Gute-Nacht-Geschichte zu erzählen. Das tat sie nur sehr selten, weil sie wie alle Königinnen eine Menge Verpflichtungen hatte. Außerdem waren zum Geschichtenerzählen die Gouvernanten und Kammerzofen da.

Doch an diesem Abend wollte Königin Pia ihrer Tochter eine ganz besondere Geschichte erzählen – eine, nach der die Prinzessin wie auf Wolken schlafen würde!, hatte sie sich vorgenommen.

Die Geschichte der Königin spielte in den Pattaloonischen Bergen und handelte von einem übermütigen Schäfchen, das sich auf Wanderschaft begab. Immer höher lief das Schäfchen in die Berge hinauf, immer einsamer wurde es, immer kälter blies der Wind. Am Schluss der Geschichte hüpfte das Schäfchen von der höchsten Bergspitze direkt in den Himmel hinein und lebte fortan glücklich und zufrieden … als Schäfchenwolke!

Nachdem Königin Pia ihre Geschichte beendet hatte, sagte die Prinzessin: «Und was ist, wenn mir der Name nicht gefällt?»

«Aber das Schäfchen in der Geschichte hat doch gar keinen Namen», wunderte sich die Königin.

«Nicht das Schäfchen», sagte Prinzessin Pumpernickel. «Ich meine den Namen, den Papa *mir* geben will!»

Königin Pia hatte gehofft, ihre jüngste Tochter mit der Gutenachtgeschichte sanft in den Schlaf zu wiegen. Aber nun schien es, als hätte die Prinzessin gar nicht zugehört!

«Die Namensverleihung morgen ist in der Tat sehr

ungewöhnlich», sagte die Königin. «Dass eine Prinzessin erst nach neun Jahren ihren richtigen Namen bekommt, hat es bisher noch nie gegeben!»

«Du hast meine Frage nicht beantwortet!», erwiderte die Prinzessin.

«Warum sagst du nicht, was *dir* durch den Kopf geht?», schlug die Königin vor.

Die Prinzessin setzte sich in ihren Kissen auf. «Mir geht durch den Kopf, dass Papa mich morgen vielleicht Papageia nennt oder Pummelinchen. Aber ich will nicht Papageia oder Pummelinchen heißen!»

«Wie wäre es, wenn du deine Namenswünsche aufschreibst und ich sie dem König überreiche?», sagte die Königin. «Der König hat dich sehr lieb, und wie jeder Vater will er nur das Allerbeste für seine Tochter.»

«Aber was ist, wenn Papa mich morgen trotzdem Pummelinchen nennt? Oder Papageia?»

«Nun …», sagte die Königin. «Das wäre sein gutes Recht. Dafür ist er der König.»

«Ha!», machte die Prinzessin, ließ sich in ihre Kissen sinken und schloss die Augen.

«Möchtest du nicht doch ein paar Namen aufschreiben, die dir gefallen würden?», versuchte Königin Pia es noch einmal.

Die Prinzessin biss sich auf die Lippen und schwieg.

Königin Pia erhob sich aus dem Sessel, in dem sie gesessen hatte. «Ich werde mit dem König sprechen.»

Sie wollte ihrer Tochter einen Gutenachtkuss geben, doch die Prinzessin verschwand unter ihren Seidendecken.

Königin Pia lächelte nachsichtig.

Sie sagte: «Gute Nacht!», und verließ das Schlafgemach der Prinzessin.

Kaum war die Königin gegangen, kam Prinzessin Pumpernickel wieder unter den Seidendecken hervor.

Selbstverständlich würde sie eine Namensliste anlegen! Aber eigensinnig, wie sie nun einmal war, hatte sie ihrer Mutter gegenüber nicht nachgeben wollen.

Sie sprang aus dem Bett und lief zu ihrem Schreibsekretär. Dort lag ihr prinzessliches Briefpapier aus feinstem rosa Papier mit echtem Goldrand und dem königlich-pattaloonischen Wappen.

Die Prinzessin setzte sich und nahm ihren goldenen Füllfederhalter zur Hand.

An einige der Namen, die der Hofmagier vorgeschlagen hatte, konnte sie sich noch erinnern: «Pene-

lope ... Pamina ... Pauletta ... Pernilla ... Padma ...
Padmina ...», schrieb sie. Danach jedoch wollten ihr
keine Namen mehr einfallen.

«Kammerzofe?», rief die Prinzessin.

«Ja, Eure Majestät?» Die neue Kammerzofe erschien.

«Ich habe vergessen, wie du heißt!»

«Pristina, Eure Majestät», antwortete die Kammerzofe und machte einen Knicks.

«Hast du Schwestern?»

«Ja, vier, Eure Majestät.»

«Und wie heißen die?»

Die Kammerzofe errötete. Prinzessin Perdita hatte sich nie für sie persönlich interessiert, geschweige denn für ihre Schwestern.

«Meine Schwestern heißen Petronella, Pennie, Patrine und Pansina, Eure Majestät», sagte sie.

«Und was für Mädchennamen kennst du sonst noch?», fragte die Prinzessin.

«Oh, viele, Eure Majestät», antwortete die Kammerzofe.

«Gut», meinte die Prinzessin. «Dann sag sie mir!»

«Sehr wohl, Eure Majestät.» Pristina knickste.

Und schon flossen die Namen nur so über ihre Lippen. Aber Pristina hatte ja auch zehn Jahre lang die Schule in Pattaloonita besucht!

Prinzessin Pumpernickel schrieb eifrig mit.

Je mehr Namen sie hätte, desto leichter würde es für sie werden, den einen, zu ihr passenden Namen zu finden!, dachte sie.

20
Eine Nachricht von Pristina

König Peter hatte seinen Ministern und Beratern in der Zwischenzeit mitgeteilt, dass er der jüngsten Prinzessin am kommenden Tag um zwölf Uhr mittags einen neuen – den richtigen! – Namen verleihen würde.

Da es die zweite Namensverleihung für die Prinzessin sein würde, sollte es besonders festlich zugehen, hatte er seine Minister und Berater wissen lassen. Und natürlich mussten sie sicherstellen, dass alle Würdenträger und Ehrengäste anwesend sein würden!

Und nun saß der König in der königlichen Bibliothek und hatte ein dickes, leeres Buch vor sich liegen.

Nein, ganz leer war es nicht – auf die erste Seite

hatte er drei Namen geschrieben: Paloma ... Petulia ... Prosperina.

Das waren jene Namen gewesen, die er sich vor neun Jahren für seine jüngste Tochter ausgesucht hatte!

Paloma war der Name gewesen, für den er sich zu guter Letzt entschieden hatte. Doch dann hatte er auf dem königlichen Buffet das schwarze Brot entdeckt und den unseligen Satz gesprochen ...

Der König seufzte schwer.

Damals vor neun Jahren war seine jüngste Tochter ein Baby gewesen – ohne Namen und ohne Geschichte. Aber seitdem hatte sie sich zu einem jungen Mädchen entwickelt. Und in all den Jahren war sie immer nur Prinzessin Pumpernickel gewesen ...

Der König seufzte noch einmal. Mit seiner temperamentvollen, eigenwilligen, stolzen, aber auch störrischen und eitlen Tochter konnte er den Namen *Paloma* nicht in Verbindung bringen!

Und mit dem betulichen Namen *Petulia* oder dem nur nach Reichtümern klingenden *Prosperina* erst recht nicht.

Aber welcher Name blieb dann? Der König stützte seine Ellenbogen auf den Tisch und legte sein Kinn in die Hände, genau wie es kurz zuvor die jüngste Prinzessin getan hatte.

Ja, König Peter war plötzlich wieder sehr niedergeschlagen. Die Verantwortung, die auf ihm ruhte, den perfekten Namen für seine jüngste Tochter zu finden, war einfach zu groß!

Und er fürchtete sich davor, einen Namen auszuwählen, den die Prinzessin verabscheute!

Die alte Standuhr zeigte Mitternacht, und König Peter war allein in der Bibliothek. Ein paar Bedienstete warteten draußen im Flur, aber die meisten hatten sich zur Ruhe begeben.

Da hörte der König, wie jemand die Tür öffnete.

Er hob den Kopf und erblickte Königin Pia, von der er angenommen hatte, sie wäre längst in ihrem königlichen Schlafgemach.

«Schön, dass du gekommen bist!», sagte der König mit ungewohnter Herzlichkeit.

«Schön, dich zu sehen», antwortete Königin Pia und nahm dem König gegenüber an dem langen Tisch Platz.

Als König Peter sicher war, dass die Königin die Tür geschlossen hatte und ihnen niemand zuhörte, fragte er: «Weißt *du* nicht einen Namen für unsere Tochter, Pia? Ich habe Angst, ihr den falschen Namen zu geben.»

«Wir werden bestimmt eine Lösung finden», sagte die Königin diplomatisch wie immer.

«Meine drei Namen von damals –» Der König las sie vor, obwohl er sie auswendig wusste: «Paloma, Petulia, Prosperina ... Ich finde, sie passen allesamt nicht zu unserer jüngsten Tochter!»

«Es ist in der Tat sehr viel schwieriger, einem älteren Kind den richtigen Namen zu geben», sagte Königin Pia.

«Aber bis morgen Mittag um zwölf *muss* ich einen Namen für unsere Tochter haben!», rief der König.

Die Königin nickte mitfühlend.

Dann kam sie zum eigentlichen Anliegen ihres Besuches: «Ich hatte soeben ein Gespräch mit Pino Patrone, unserem Hausmarschall.»

«Und was wollte er?», fragte der König – befremdet, weil sich der Hausmarschall zuerst an die Königin und nicht an ihn gewandt hatte.

«Pino Patrone überbrachte mir eine Nachricht von Pristina.»

«Wer ist Pristina?»

«Pristina ist die neue Kammerzofe unserer jüngsten Tochter. Pristina hat mit der Oberkammerzofe gesprochen, die wiederum hat mit dem Hausmarschall gesprochen, und der Hausmarschall hat mir mitgeteilt, dass die Prinzessin an ihrer eigenen Namensliste schreibt.»

«An ihrer *eigenen* Namensliste?», brauste der König auf. «Sie will sich ihren Namen selbst aussuchen? Aber das verstößt gegen unsere Gesetze!»

«Es hat auch gegen unsere Gesetze verstoßen, dass die jüngste Prinzessin neun Jahre lang überhaupt keinen Namen hatte», gab Königin Pia zu bedenken. Der König sprang erregt auf, setzte sich aber gleich wieder. «Und welchen Namen will sie?», fragte er.

«Unsere Tochter hat sich, soweit ich gehört habe, noch nicht entschieden», sagte die Königin. «Aber morgen will sie dir um kurz vor zwölf einen Brief überreichen, in dem der Name enthüllt wird. So hat es Pristina der Oberkammerzofe gesagt, so hat es die Oberkammerzofe dem Hausmarschall gesagt, und so hat es der Hausmarschall mir gesagt.»

In den Zügen des Königs mischten sich Freude und Erleichterung mit Empörung und Ärger. Aber was die jüngste Prinzessin da vorhatte, grenzte an Rebellion!

«Und wieso soll ich den Brief erst morgen um kurz vor zwölf bekommen?», schnaubte König Peter.

«Möglicherweise will die Prinzessin ihre Namenswahl noch einmal überschlafen», meinte die Königin. «Oder –» Sie brach ab.

«Oder was?», fragte der König.

Königin Pia räusperte sich. «Vielleicht möchte unsere Tochter sicherstellen, dass keine Zeit mehr für lange Diskussionen bleibt und dass sie den Namen, den *sie* auswählt, auch tatsächlich bekommt.»

Der König schlug mit der Faust auf den Tisch. «Wahrlich, unsere Tochter weiß, was sie will!», rief er, und das meinte er durchaus anerkennend.

«Ja, das weiß sie wirklich», stimmte die Königin zu. «Aber ist es nicht am allerwichtigsten für dich, mein Lieber, dass die Prinzessin morgen einen Namen bekommt, mit dem sie glücklich ist?»

Die Augen des Königs hatten sich mit Tränen gefüllt. «Doch», sagte er mit rauer Stimme. Und noch einmal: «Doch.»

21
Manchmal sieht man den Wald vor lauter Bäumen nicht

am nächsten Morgen betrat König Peter mit neu gewonnenem Schwung – und mit neu gewonnenem Appetit! – den Gartensaal.

Er freute sich auf das Frühstück, er freute sich auf seine Gemahlin und ihre drei älteren Töchter – aber ganz besonders freute sich der König darauf, seine jüngste Tochter wiederzusehen!

Doch die Prinzessin ließ durch ihre Kammerzofe Pristina mitteilen, sie sei nicht hungrig und werde den Vormittag in ihren Gemächern verbringen. Und gestört werden wolle sie auch nicht, da sie ihre goldenen Locken und ihre Festgarderobe in Ordnung bringen müsse.

König Peter war enttäuscht.

Aber der Oberküchenmeister ließ ihn durch ausgefallene Leckerbissen und raffinierte Gaumenkitzler für eine Weile all seine Sorgen vergessen.

Und nach dem Frühstück musste sich der König erst einmal in seine königlichen Gemächer zurückziehen – wie es hieß, um sich auf die feierliche Namensverleihung vorzubereiten. In Wirklichkeit wollte er ein Verdauungsschläfchen halten.

Ponderosa, Perdita und Pamelina, die an diesem wichtigen Tag selbstverständlich vom Unterricht freigestellt waren, zogen sich ebenfalls in ihre Gemächer zurück.

Königin Pia war die Einzige, die sich um die Mitteilung der Prinzessin, sie wolle in Ruhe gelassen werden, nicht kümmerte. Doch sie musste feststellten, dass die jüngste Prinzessin zu beschäftigt war, um ihre Mutter zu empfangen.

Und so begab sich Königin Pia in ihre eigenen Gemächer, denn auch sie hatte vor der Namensverleihung noch einiges zu erledigen!

Womit die jüngste Prinzessin beschäftigt war?

Mit ihrer Namens-Wunschliste, die immer länger wurde!

Die Prinzessin konnte einfach nicht aufhören, sich den Kopf zu zerbrechen, weil sie nach dem einen Namen suchte, der ausdrücken sollte, wer sie war –

dem Namen, der ihrer Vergangenheit, ihrer Gegenwart und ihrer Zukunft gerecht werden würde!

Und dieser Name, der einzigartig und unverwechselbar wie sie selbst sein musste, wollte und wollte sich nicht einstellen ...

Schließlich, um kurz vor elf, war die Prinzessin durch ihre lange, vergebliche Suche so zermürbt, dass sie die vielen von ihr beschriebenen Briefbögen ins Kaminfeuer warf und zuschaute, wie sie hell aufloderten.

Pristina stand am anderen Ende des Gemachs, doch sie wagte nicht, etwas zu sagen.

«Warum bist du so still?», rief ihr die Prinzessin zu. «Hast du die Stimme verloren?»

«Nein, Eure Majestät», antwortete Pristina. «Aber ich weiß nicht, was ich sagen könnte.»

«Machst du dir denn gar keine Sorgen?»

«Doch, Eure Majestät.»

«Und weswegen?»

«Ich mache mir Sorgen, weil Sie noch keinen Namen gefunden haben, Eure Majestät», sagte Pristina.

«Das ist gelogen!», schrie die Prinzessin und war plötzlich furchtbar wütend. «Ich habe nicht nur *einen* Namen gefunden – ich habe Hunderte von Namen gefunden!»

«Vielleicht ist das Ihr Problem, Eure Majestät»,

wagte Pristina sich mit einer ziemlich mutigen Bemerkung hervor.

«Was willst du damit sagen?», rief die Prinzessin. Pristina glättete die weiße Schürze, die zu ihrer Kammerzofen-Uniform gehörte. «Meine Großmutter pflegte zu sagen: Manchmal sieht man den Wald vor lauter Bäumen nicht.»

Prinzessin Pumpernickel ballte ärgerlich die Fäuste. Oh, wie sie es hasste, wenn ihr jemand mit tiefschürfenden Weisheiten kam – noch dazu mit solchen, die sie nicht auf Anhieb verstand!

«Unsinn!», schrie sie. «Großmütterlicher Unsinn!»

Pristina knickste. «Entschuldigen Sie, Eure Majestät. Ich hätte das nicht sagen dürfen. Es war wirklich sehr unhöflich von mir.»

«Unhöflich?», wiederholte die Prinzessin. «Es war dumm, furchtbar dumm!» Sie schnappte nach Luft. «Oder siehst du hier einen Wald? Oder Bäume?»

«Nein, Eure Majestät.»

«Na also!» Die Prinzessin warf ihr restliches prinzessliches Briefpapier ins Feuer und schaute zu, wie es von den Flammen verzehrt wurde.

Dann befahl sie: «Geh! Lass mich allein!»

«Sehr wohl, Eure Majestät.» Pristina knickste ein weiteres Mal und ging.

Als die Tür hinter der Kammerzofe zugefallen war, saß die Prinzessin ein paar Minuten lang ganz still und blickte in den Spiegel ihres goldenen Schminktisches.

Sie sah ein bezauberndes junges Mädchen mit goldenen Locken und großen braunen Augen: Prinzessin Pumpernickel!

Und da auf einmal begriff sie, was Pristina mit dem «Wald und den Bäumen» gemeint hatte.

Die Prinzessin sprang von ihrem samtbezogenen Stuhl herunter.

«Warte, Pristina! Nun warte doch!», rief sie.

22
Die Namensverleihung

Um Viertel vor zwölf hatten sich im Thronsaal des Schlosses der König und die Königin, die drei älteren Prinzessinnen sowie mehr als dreihundert Ehrengäste und Würdenträger versammelt.

Die Minister und Berater hatten den größten Teil ihrer Nachtruhe opfern müssen, aber es war ihnen gelungen, alles genau so zu arrangieren, wie König Peter es am Vorabend angeordnet hatte.

Doch eins hatte keiner vorausgesehen: Die jüngste Prinzessin fehlte! Und niemand schien zu wissen, wo sie war ...

König Peter wurde allmählich sehr, sehr nervös!

«Oje, oje», jammerte er immer wieder vor sich hin, während er im Thronsaal von Fenster zu Fenster ging – hauptsächlich, um sich abzulenken und nicht die Beute düsterer Gedanken zu werden.

Da zupfte ihn plötzlich jemand an seinem königlichen Mantel. Er fuhr herum ... und blickte in das Gesicht seiner jüngsten Tochter.

In väterlicher Freude und Überraschung platzte der König heraus: «Meine Tochter! Prinzessin Pumpernickel!»

Kaum waren ihm diese Worte entschlüpft, hätte er sich ohrfeigen können.

Aber dann sah er, dass seine Tochter lächelte.

Ja, wahrhaftig: Die Prinzessin lächelte!

«Du hast es die ganze Zeit gewusst, nicht wahr, Papa?», sagte sie.

Dem König wurde es ganz wirr im Kopf. Sollte er zugeben, dass er keine Ahnung hatte, wovon seine Tochter sprach? Oder sollte er so tun, als hätte er verstanden, was sie meinte?

Ehe König Peter zu einer Entscheidung kam, begann im Schlosshof das festliche Abschießen der königlichen Kanonen – achtzehn an der Zahl, da die jüngste Königstochter am 18. Juni zur Welt gekommen war.

Als der achtzehnte Kanonenschuss verklungen war, rief einer der Ehrengäste: «Wir warten auf den Namen, Eure Majestät! Den Namen unserer Prinzessin!»

Weitere Ehrengäste und Würdenträger stimmten

mit ein: «Der Name für die Prinzessin, Eure Majestät!»

König Peter erbleichte.

«Dein Briefumschlag!», flüsterte er seiner jüngsten
Tochter zu.

«Ich habe keinen», antwortete sie.

«Wie?», ächzte er. «Du hast keinen Briefumschlag?
Aber ...» König Peter fehlten die Worte.

Die Prinzessin bedeutete dem König, er solle sich
zu ihr herunterbeugen, damit sie ihm etwas ins Ohr
flüstern könne.

Der König tat es – ein wenig umständlich, weil er ja seine Krone trug.

Als sie fertig war, zuckte er zurück und starrte sie ungläubig an.

Aber die Prinzessin nickte und biss sich auf die Lippen, um nicht zu lachen.

«Bist du sicher?», fragte der König.

«Ja!», antwortete sie.

«Der Name, den du ausgewählt hast, ist wirklich –» König Peter sprach den Namen nicht aus, denn schließlich waren sie nicht allein. Aber er formte die Silben mit den Lippen.

«Ja!», sagte die jüngste Prinzessin.

Nun wirkte sie wie eine ganz normale Neunjährige, die sich über einen gelungenen Streich freute.

Doch gleich darauf war sie wieder die Prinzessin.

«Die Namensverleihung, Papa!», erinnerte sie ihren Vater. «Alle warten darauf, dass du meinen Namen verkündest!»

Der König hob seine jüngste Tochter in die Höhe, sodass sie jeder sehen konnte: In ihrem prächtigen rosa Rüschenkleid, mit ihren goldenen Locken und dem kostbaren Haarreif.

«Meine jüngste Tochter, Prinzessin –» König Peter machte eine Pause.

Um absolut sicherzugehen und nicht doch in letzter Sekunde einen verhängnisvollen Fehler zu begehen, blickte er die Prinzessin prüfend an.

Als sie nickte, rief er: «Ich, König Peter von Pattaloonia, verleihe meiner jüngsten Tochter hiermit den Namen: Prinzessin Pumpernickel!»

Wie vor neun Jahren herrschte einen Augenblick lang Schweigen. Aber dann brach tosender Beifall los. Fast hätte man glauben können, das Königreich Pattaloonia werde von einem Erdbeben erschüttert!

Doch es war nur die übergroße Freude der Pattaloonier.

Und wer freute sich wohl am meisten? Wer stand nur da, während ihm die Freudentränen übers Gesicht liefen?

Der große, mächtige König Peter!

Aber die Pattaloonier wussten ja bereits, dass sie einen sehr gefühlvollen König hatten. Und deswegen mochten sie ihren König nur umso lieber!

– ende –

Angela Sommer-Bodenburg hat Pädagogik, Soziologie und Psychologie studiert. Sie war 12 Jahre Grundschullehrerin in Hamburg und lebt inzwischen in Silver City, New Mexico, USA, wo sie schreibt und malt. Ihre Erfolgsserie «Der kleine Vampir» wurde in 34 Sprachen übersetzt, zweimal für das Fernsehen verfilmt und kam im Jahr 2000 mit einer internationalen Großproduktion auf die Kinoleinwand. Zudem gibt es ein Musical, Theaterstücke, Kassetten und CDs von «Der kleine Vampir».

Veröffentlichungen (Auswahl):

«Der kleine Vampir», Bd. 1–20, «Der kleine Vampir – Roman zum Film», «Anna von Schlottersteins Nächtebuch», «Das Biest, das im Regen kam», «Wenn du dich gruseln willst», «Die Moorgeister», «Julia bei den Lebenslichtern», «Schokolowski», «Hanna, Gottes kleinster Engel», «Jeremy Golden und der Meister der Schatten», Gedichtbände.

Besucht auch die Website von Angela Sommer-Bodenburg:

www.AngelaSommer-Bodenburg.com

Foto: Mangual

Monika Parciak, 1976 geboren, sammelte nach ihrer Ausbildung zur gestaltungstechnischen Assistentin etwas Berufserfahrung, bevor sie dann 2003 ein Design-Studium an der FH Düsseldorf begann. Seit ihrem erfolgreichen Abschluss im Jahr 2008 arbeitet sie freiberuflich als Illustratorin und Grafikdesignerin für verschiedene Verlage. Sie lebt und arbeitet in Neuss.